Lernkrimi Italienisch

L'ultimo messaggio

Alessandra Felici Puccetti
Roberta Rossi
Tiziana Stillo

circon

Baierbrunner Straße 27, 81379 München
Ausgabe 2022
2. Auflage

Redaktion: Isabella Bergmann
Fachkorrektur: Erica Dinale, Berikon (CH)
Produktion: Ute Hausleiter
Titelillustration: Karl Knospe
Lernkrimi-Logo: Carsten Abelbeck
Gestaltung: red.sign GbR, Stuttgart
Umschlaggestaltung: red.sign GbR, Stuttgart

ISBN 978-3-8174-2936-3
381742936/2

Besuchen Sie uns auf Facebook und Instagram: circonverlag

www.circonverlag.de

Vorwort

Liebe Leserin, lieber Leser,

sicher zum Lernerfolg – mit Spaß und Spannung! Die Compact Lernkrimis mit ihrer Kombination aus fesselnder Lektüre und didaktischem Übungsanteil eignen sich hervorragend, um breite Sprachkompetenzen in der Fremdsprache zu erwerben. Der Lernende wird dabei durch die spannende Handlung, das angemessene Sprachniveau und den stetig ansteigenden Schwierigkeitsgrad der Übungen gefördert und motiviert. Ein ausführlicher Abschlusstest ermöglicht das Wiederholen und Festigen des Gelernten. In einem alphabetischen Glossar am Ende des Buches sind noch einmal übersichtlich alle Vokabeln zum Nachschlagen aufgelistet.

So lernen Sie mit Compact Lernkrimis:

- **Mit Begeisterung lernen:** Die packende Krimihandlung motiviert Sie beim Lesen des italienischen Originaltextes.
- **Wissen intensivieren und erweitern:** Durch die Kombination aus didaktisch aufbereiteter Lektüre und textbezogenen Übungen testen und trainieren Sie Ihre Sprachkenntnisse effektiv. Vokabelangaben auf jeder Seite unterstützen Sie beim Lesen.
- **Systematisch lernen:** Knüpfen Sie an Ihr individuelles Sprachniveau an und setzen Sie sich eigene Lernziele.
- **Unabhängig sein:** Lernen Sie individuell — wo und wann Sie wollen.

Viel Spaß beim **spannenden Erlernen der italienischen Sprache** wünscht Ihnen

Prof. Dr. Christiane Neveling
Didaktik der romanischen Sprachen, Universität Leipzig

Inhalt

L'ultimo messaggio

Tiziana Stillo

1 Una lunga giornata

"Pronto, Lorena?"
"Buongiorno, mamma. Scusa, ma sono in ritardo, devo andare al lavoro. Hai bisogno di qualcosa?"
"No, ma prendi la metro?"
"Certo, come sempre."
"Sono **preoccupata** per questo coronavirus. Dicono di **evitare** i luoghi pieni di gente."

preoccupato	besorgt
evitare	vermeiden
contagiato	infiziert, angesteckt
governo *m*	Regierung
dichiarare	erklären
secondo me	meiner Meinung nach

Zona rossa (rote Zone): So wurden am Anfang der Corona-Pandemie die Gebiete in Italien bezeichnet, die vom Virus besonders betroffen waren. Um die Verbreitung des Virus zu verhindern, wurden diese Gebiete von der Regierung abgeriegelt.

"Lo so, ma come faccio ad arrivare a San Pietro con la macchina? Poi i **contagiati** sono in quei comuni della Lombardia."
"No, ieri il **governo ha dichiarato** zona rossa[i] tutta la Lombardia, ha chiuso tutta la regione! E anche altre province. Ma non hai visto il telegiornale ieri sera?"
"No, sono uscita con Massimo. Ma anche qui nel Lazio ci sono zone rosse?"
"No, nel Lazio no, però..."
"E allora? Dai, mamma, **secondo me** i media **esa-**

Die **parmigiana di melanzane** ist ein Auberginenauflauf mit Tomatensoße, der mit viel Parmesankäse überbacken wird. Das Gericht wird auch *melanzane alla parmigiana* genannt.

gerano come sempre. Dobbiamo mantenere la calma. Adesso però devo andare, è davvero tardi, sono quasi alla fermata della metro."

esagerare	übertreiben
mantenere	*hier:* bewahren
scala *f*	Treppe
estetista *f*	Kosmetikerin
rione *m*	Stadtviertel
binario *m*	Gleis
rimanere in piedi	stehenbleiben

"Va bene, ma stai attenta, per favore. "

"Sì, e tu stai tranquilla. Ti chiamo stasera."

"Perché non vieni a cena da noi stasera? Preparo la parmigiana di melanzane!"

"Volentieri! Allora ci vediamo stasera dopo le otto. Ciao!"

Lorena mette il cellulare nella borsa e corre giù per le scale della fermata della metro di Ponte Lungo.

Lorena Marchetti ha 28 anni e fa l'estetista. Lavora in uno studio estetico nel rione Prati che si trova fra Città del Vaticano e il centro storico della capitale.

Quando Lorena arriva al binario la metro è in arrivo. Per fortuna! Il vagone centrale è abbastanza pieno, Lorena pensa alle parole di sua madre e decide di andare avanti fino al primo vagone. Anche qui i posti a sedere sono tutti occupati, ma ci sono meno persone. Lorena rimane in piedi vicino alla porta. Dopo undici fermate final-

> Die **U-Bahn-Station Ponte Lungo** der Linie A in Rom liegt zwischen den zwei ziemlich zentralen und bevölkerungsreichen Vierteln Tuscolano und Appio-Latino.

> Das Stadtviertel **Prati** (wörtlich: Wiesen) stammt von der Bezeichnung des Gebiets *Prati di Castello* (Burgwiesen). Bis 1870 gab es hier tatsächlich Wiesen, die zur Engelburg (Castel Sant'Angelo) gehörten. Erst nach 1870 begann man auf diesem Areal mit der Errichtung von Gebäuden und dem Bau von Straßen.

mente l'**altoparlante** annuncia:
"Prossima fermata: Ottaviano."
Lorena **scende** e va **in fretta** verso lo studio estetico. Mentre **cammina** si pulisce le mani con il gel disinfettante, non si sa mai...

altoparlante *m*	Lautsprecher
scendere	*hier:* aussteigen
in fretta	in Eile, schnell
camminare	laufen, gehen
cliente *m/f*	Kunde/Kundin
sveglia *f*	Wecker
cambiarsi	sich umziehen
campanello *m*	Klingel

"Ciao Lory," la saluta la sua collega. "Sei in ritardo, la **cliente** ti aspetta, è già nella cabina."
"Mi dispiace, Stefi! Non ho sentito[i] la **sveglia** stamattina! Ieri sera ho fatto tardi..."
"Con il tuo nuovo lui? E allora? Com'è andata?"
"Bene! Ti racconto dopo! La signora ha prenotato un massaggio, vero?"
"No, una manicure. Hai un massaggio alle undici."
"Ah, va bene. **Mi cambio** velocemente e comincio."

Esercizio 1: Articolo determinativo. Lesen Sie weiter und ergänzen Sie den bestimmten Artikel!

Sono quasi **1.** ____________ otto e mezzo[i] di sera, Lorena suona **2.** ____________ **campanello** di casa dei suoi genitori. In realtà ha anche **3.** ____________ chiavi, ma da quando non abita più con loro preferisce suonare.

4. ____________ signora Marchetti apre **5.** ____________ porta e saluta **6.** ____________ figlia: "Ciao Lori!"

Das Wort **sentire** ist im Italienischen ein Alleskönner, was die Sinne betrifft. Es hat zahlreiche Bedeutungen:
- hören = Sono in ritardo perché non ho sentito la sveglia.
- fühlen = Con Massimo mi sento amata e importante.
- spüren / empfinden = Posso chiudere la finestra? Sento freddo.
- riechen = Senti anche tu questo buon profumo?

"Ciao, mamma. Mmh, che profumo!"
"È tutto pronto, possiamo metterci a tavola. Hai fame?"
"Ho una fame da lupi! A pranzo ho mangiato solo un panino!"
Entrano in cucina dove il signor Marchetti taglia il pane.
"Ciao, papà!" lo saluta Lorena con un **bacio** sulla **guancia**. "Come stai?"
"Ciao, Lorena. Non c'è male, e tu?"
"Bene, sono un po' stanca, ma dopo una giornata di lavoro è normale."
"Allora, sedetevi per favore, così cominciamo a mangiare," dice la madre con la **pirofila** della parmigiana in mano.

bacio *m*	Kuss
guancia *f*	Wange
pirofila *f*	feuerfeste Form
Agli ordini!	Zu Befehl!
squillare	läuten, klingeln (bei Tel., Handys)

mezzo oder **mezza**? Beides ist richtig, bei der inoffiziellen Uhrzeitangabe können diese zwei Varianten beliebig verwendet werden.

"**Agli ordini!**" risponde il padre con tono ironico.
Mentre mangiano **squilla** il cellulare di Lorena.
"Ciao Massi! Sono dai miei, stiamo cenando... ti chiamo dopo, va bene? Ciao amore!"
Il padre e la madre di Lorena si guardano seri. Poi il padre dice: "Allora, la mamma mi ha detto che esci con un ragazzo."

Die Redewendung **avere una fame da lupi** (wörtlich: einen Wolfshunger haben) entspricht auf Deutsch „einen Bärenhunger haben".

“Sì, si chiama Massimo. Era lui adesso al telefono.”
Il signor Marchetti rimane in silenzio. La mamma allora dice:
“Sai, cara, siamo un po’ preoccupati. Dopo la **delusione** che hai avuto...”
“Mamma, è proprio grazie a lui che **ho superato** la forte depressione che ho avuto a causa di Alessio. Con lui mi sento di nuovo allegra e piena di energia.”

delusione *f*	Enttäuschung
superare	überwinden
storia *f*	*hier:* Beziehung
premuroso	aufmerksam, zuvorkommend
indifferenza *f*	Gleichgültigkeit
bugia *f*	Lüge
tradimento *m*	*hier:* Seitensprung
sostituto *m*	Ersatz
arrabbiato	wütend
comunque	sowieso
Non sono affari vostri!	Das geht euch nichts an!

“Da quanto tempo lo conosci?”
“Un paio di mesi. L’ho conosciuto (i) in discoteca, lui lavora lì.”
“Secondo noi devi fare le cose con calma. La **storia** con Alessio è durata dieci anni ed è finita solo da sei mesi.”
“Lo so, ma l’amore non si programma. Massimo è un ragazzo serio, **premuroso**, mi telefona tante volte al giorno. Con lui mi sento amata e importante. E se penso agli ultimi mesi con Alessio, alla sua **indifferenza**, a tutte le **bugie**, al **tradimento**... Massimo è così diverso! Perché invece di preoccuparvi non siete felici per me?”
“Siamo felici di vederti di nuovo allegra, solo che a volte è necessario stare un periodo da soli, specialmente dopo esperienze difficili come la tua. Forse stai cercando un **sostituto** troppo in fretta, questa è la nostra paura,” dice il padre.
“Massimo non è il sostituto di nessuno!” risponde Lorena **arrabbiata**. “E **comunque** questi **non sono affari vostri**!”

(i) Das Verb **conoscere** bedeutet sowohl *kennen* als auch *kennenlernen*.

La ragazza si alza e accende la tv. La voce del telegiornalista **copre** il silenzio a tavola. L'atmosfera è **tesa**.
Dopo un po' il padre cerca di ritrovare l'armonia e comincia a commentare le notizie del telegiornale. Ma Lorena rimane fredda e non dice nulla. Dopo cena si alza e dice:
"Grazie per la cena, era ottima. Ma ora devo andare, altrimenti si fa tardi."

coprire	decken
teso	angespannt
accompagnare	begleiten
sbagliare	Fehler machen

"Ti **accompagno** io con la macchina," dice il padre.
"Non è necessario, papà," risponde Lorena. "Prendo la metro."
"Come preferisci."
Si salutano e la ragazza va via. Il signor Marchetti chiude la porta e dopo un po' dice a sua moglie:
"Abbiamo **sbagliato**."

Der Ausdruck **volere bene** wird mit der Präposition „a" verwendet und braucht dementsprechend indirekte Pronomen.
Z. B.: *Vuoi bene a Lorena? Sì, le voglio molto bene.*
(Hast du Lorena lieb? Ja, ich habe sie sehr lieb.)

"Forse sì," risponde lei. "Ma non dire niente è anche sbagliato, Lorena deve conoscere la nostra opinione! Anche se adesso è arrabbiata, sa che abbiamo parlato così solo perché le vogliamo bene."
Lorena arriva davanti al portone di casa sua.

Porta oder **portone**? Durch die Zugabe von Nachsilben kann man in der italienischen Sprache eine Verkleinerung, eine Vergrößerung oder eine Verschlechterung ausdrücken. „-one" ist ein Vergrößerungssuffix. Der Begriff „portone" bedeutet daher „große Tür", d.h. eine Tür, die ins Treppenhaus eines Gebäudes führt.

Esercizio 2: Plurale. Bilden Sie die Pluralform!

1. lo studente stanco ______________________
2. la situazione difficile ______________________
3. la persona allegra ______________________
4. il giorno normale ______________________
5. il ragazzo serio ______________________

È un palazzo (i) di sette piani in una **traversa** di Via Appia Nuova. Mette le mani nella tasca della giacca per prendere le chiavi ma non ci sono. Allora apre la borsa e comincia a cercare. La borsa è grande e piena di cose.

traversa *f*	Querstraße
sussultare	zusammen-zucken
spavento *m*	Schreck
spaventare	erschrecken

"Devo assolutamente mettere ordine nella borsa," pensa Lorena mentre cerca. "Ma dove sono le chiavi?"
"Se non hai le chiavi ti apro io," dice una voce maschile da dietro.
Lorena **sussulta** per lo **spavento**.
"Sono Renato, **ti ho spaventata**? Scusami!"
"Ah, Renato. Veramente sì, non ti ho sentito arrivare e così all'improvviso..."
"Mi dispiace," dice l'uomo.

> (i) Das Wort **palazzo** bezeichnet sowohl historische Bauten und Paläste, als auch gewöhnliche mehrstöckige Gebäude.

Mentre apre il portone domanda:
"Per scusarmi posso offrirti qualcosa da bere?"
"No, grazie. È tardi e sono molto stanca... Ah, ecco le chiavi, finalmente."
"Ma domani è sabato. Puoi dormire più a lungo..."
"Tu forse, io domani lavoro."
L'uomo **preme** il **pulsante** dell'**ascensore**. Allora Lorena decide di prendere le scale.
"L'ascensore sta arrivando," dice lui.
"Preferisco le scale, il movimento fa bene."

premere	drücken
pulsante *m*	Drückknopf, -taste
ascensore *m*	Aufzug, Lift
replicare	erwidern
sopportare	ausstehen, ertragen
insistente	beharrlich, aufdringlich
paura *f*	Angst

"Fino al quarto piano? Ma non sei stanca?"
"Buonanotte, Renato," **replica** Lorena nervosa.
"Buonanotte, Lorena. Forse possiamo andare a prendere una birra insieme durante il fine settimana!"
Lorena non risponde, è già arrivata al primo piano. Non **sopporta** quest'uomo. È chiaro che lei gli piace. Da quando sa che la sua storia con Alessio è finita, è diventato troppo **insistente**, a volte le fa quasi **paura**.
Finalmente arriva davanti alla porta del suo appartamento e sente la porta dell'ascensore che si apre:
"Allora, hai tempo questo fine settimana?" domanda Renato. Lorena lo guarda arrabbiata.

Neben seiner ersten Bedeutung *suchen* (*Cerco le chiavi.*) hat **cercare** auch eine zweite: *versuchen*. (*Cerco di stare calma.* Ich versuche ruhig zu bleiben).

"No, mi dispiace ma non posso!" risponde mentre cerca[i] di controllare i nervi.
"Non mi dire che esci già con un altro..."

"Renato, questi non sono davvero affari tuoi! Di nuovo: buonanotte!"
Lorena entra in casa e chiude con forza la porta.

Esercizio 3: Contrari. **Verbinden Sie die Verben mit ihrem Gegenteil!**

1. ☐ aprire	a) rispondere
2. ☐ uscire	b) cominciare
3. ☐ cercare	c) chiudere
4. ☐ domandare	d) entrare
5. ☐ finire	e) trovare

2 Quarantena

di prima necessità	für den grundlegenden Bedarf
succedere	geschehen

"Pronto?"
"Ciao, mamma. Sono io."
"Ciao Lory! Sei a casa?"
"Certo. Adesso anche lo studio estetico è chiuso, come tutti gli altri negozi non **di prima necessità**. È così assurdo..."

> Am 9. März 2020 erklärte der italienische Ministerpräsident Conte ganz Italien aufgrund des Covid-19-Virus zur **zona protetta** (Schutzzone). Schulen, Universitäten und Kindergärten blieben geschlossen und Reisen außerhalb der eigenen Region wurden untersagt. Am 12. März 2020 wurden die Maßnahmen weiter verschärft: Auch alle Bars, Cafès, Restaurants und Geschäfte wurden geschlossen. Nur Lebensmittelläden, Apotheken und Tankstellen blieben geöffnet. Alle Italiener wurden angehalten zu Hause zu bleiben.

"Veramente! Scuole chiuse, negozi chiusi... è la prima volta che **succede** una cosa del genere. È vietato viaggiare da una regione all'altra (i)."
"Non ci sono più zone rosse, l'Italia è zona protetta, si deve restare a casa."
"Si può uscire solo per fare la spesa (i) nei negozi vicino casa. Domani o dopodomani dobbiamo andare al supermercato. Ci servono prodotti freschi: frutta, verdura..."
"Per favore, restate a casa.

> Mit **spesa** wird der Einkauf von Lebensmitteln gemeint, man sagt dazu: **fare la spesa**. Für Einkäufe anderer Art werden die Ausdrücke *fare spese, fare compere* oder *fare shopping* verwendet.

Chi ha più di sessant'anni **è considerato** categoria a rischio. Faccio io la spesa per voi."

"Ma Lory, tu hai già tanto da fare..."

"Senza il lavoro che cosa ho da fare? Sono in **cassa integrazione**. Mi dite che cosa vi serve, io lo compro e lo porto a casa vostra."

"Ma non si può uscire e tu non abiti nel nostro quartiere."

essere considerato	gelten als
cassa *f* integrazione	Kurzarbeit
dimostrare	beweisen
dispensa *f*	Vorratsschrank
Figurati!	Nicht der Rede wert!
appoggiare	*hier:* legen

"Ma faccio l'autocertificazione e se mi controllano posso **dimostrare** che porto la spesa ai miei genitori."

"E va bene..."

"Allora, dimmi che cosa ti serve, facciamo una lista della spesa."

"Beh, così sul momento non lo so esattamente. Devo prima guardare nel frigorifero e in **dispensa**. Facciamo così: più tardi ti scrivo un messaggio su WhatsApp con le cose da comprare."

"Buona idea, va bene. A più tardi allora!

"Sì, grazie Lory!"

"Ma **figurati**!"

Lorena **appoggia** il telefono sul tavolo, si siede sul divano accanto a Massimo e gli dà un bacio.

"Non hai detto a tua madre che sono qui?"

"No, non è necessario."

Die **autocertificazione** (Selbstbescheinigung) wurde in den Neunziger Jahren in Italien eingeführt, um Verwaltungsprozesse zu vereinfachen. Bürger können Erklärungen über eigene Belange und persönliche Daten selbst verfassen und im Verkehr mit Behörden benutzen. Während der Monate der Ausgangssperre mussten italienische Bürger diese Selbstbescheinigung bei einer Polizeikontrolle vorlegen, ansonsten wurde Bußgeld erhoben.

"Perché no? Mi vuoi **nascondere**?"

"Non ti voglio nascondere, ma non ho voglia di prediche. Dopo ricominciano a dire che è troppo presto per abitare insieme, che devo stare attenta..."

nascondere	verstecken, verbergen
piuttosto	eher, vielmehr
segreto *m*	Geheimnis
aggiungere	hinzufügen
geloso	eifersüchtig

"Beh, devi davvero stare attenta, ma non a me. **Piuttosto** a tipi come quel Renato. Ho visto come ti guarda..."

"Infatti! Non lo sopporto! Adesso che sei qui con me mi sento più sicura."

"Hai ricevuto un messaggio sul cellulare. Chi è?"

"È Roberta! Faccio una videochiamata, va bene?"

"Okay, così ci parlo anche io!"

> Die Partikel **ci** ersetzt hier eine Ergänzung mit der Präposition *con: Così ci parlo anch'io. = Così parlo anch'io con Roberta.*

"Beh, è una telefonata tra amiche..."

"Perché? Hai dei **segreti**?"

"Io no! Ma forse lei ha dei segreti che non vuole raccontare a te..."

"Va bene, allora vado in camera a guardare un po' di TV."

"Grazie!"

Massimo va in camera da letto e chiude la porta. Lorena chiama la sua amica.

"Massimo dorme qui da me," le dice.

"Davvero? E come va?"

"Benissimo!" risponde Lorena. Poi a voce più bassa **aggiunge**: "È un po' **geloso**, ma mi dà sicurezza."

> **Chiamare** oder *telefonare?* Beides ist richtig, wenn man jemanden anrufen möchte. *Telefonare* benötigt die Präposition „a". Allerdings heißt *mit jemanden telefonieren: essere/parlare al telefono con qualcuno.*

"La gelosia è solo **segno** d'amore!" dice Massimo. Lorena lo guarda **sorpresa**. "Tranquilla, non sto ascoltando," continua lui. "Ho sete, sono venuto solo a prendere un bicchiere d'acqua. Buona **chiacchierata**! Ciao, Roberta!"

segno *m*	Zeichen
sorpreso	überrascht
chiacchierata *f*	Plausch
disturbare	stören
magari	*hier:* vielleicht

"Ciao, Massimo!" risponde l'amica.

Dopo la videochiamata Lorena prepara la cena. Massimo entra in cucina e le porta il cellulare.

"Hai un nuovo messaggio!"

Die Mengenangabe **un etto** steht für 100 Gramm.

"Ehi, grazie, sembri il mio segretario!"

"Ti **disturba**? **Magari** è qualcosa d'importante..."

"Ma no, scherzo... È mia madre, ha scritto la lista della spesa. Vediamo:

Esercizio 4: La lista della spesa. Lesen Sie weiter und entschlüsseln Sie den Buchstabensalat!

due litri di **1.** telat ______________, tre pacchi di **2.** stapa ______________, due chili di **3.** leme ______________, tre etti(i) di parmigiano, una **4.** remozzalla ______________, un pacco di biscotti, un chilo di **5.** catero ______________, un chilo di pomodori, dodici **6.** vauo ______________."

"Se vuoi vado io al supermercato per te domani."
"No, grazie, ci vado io così poi porto direttamente la spesa ai miei genitori. Adesso mangiamo, però, **altrimenti** diventa tutto freddo."
"**Hai ragione**, buon appetito!"

altrimenti	ansonsten
avere ragione	recht haben
proprietaria *f*	Inhaberin
↯ **Oddio!**	Oh Gott!
tampone *m*	Abstrich
tosse *f*	Husten
reato *m* **penale**	Straftat

Qualche giorno dopo la **proprietaria** dello studio estetico dove Lorena lavora chiama la ragazza.
"Lorena, ti devo dare una brutta notizia. Stefania è risultata positiva al coronavirus."
"**Oddio**! E adesso?"
"Adesso dobbiamo metterci tutte in quarantena e fare il **tampone**."
"Mammamia! Che notizia! Ma Stefania come sta? È all'ospedale?"
"No, è a casa. Ha un po' di febbre e la **tosse**."
"E il tampone? Quando lo facciamo?"
"Non lo so, dipende dalla ASL[i]. Io ho già comunicato i nomi nostri e dei clienti. Resta a casa perché interrompere la quarantena è un **reato penale**."
"Certo."
"Va bene, se ci sono novità ti chiamo. Ciao."
"Va bene, grazie. Ciao, Rosa!"
Lorena si siede sul divano e comincia a piangere.
Massimo le domanda:
"Il tampone?"

Die Abkürzung **ASL** steht für ***A**zienda **S**anitaria **L**ocale*, lokale Gesundheitsagentur. Durch diese örtlichen Gesundheitsbehörden stellt das italienische öffentliche Gesundheitssystem den Bürgern seine Gesundheitsleistungen zur Verfügung.

contagiare	infizieren, anstecken
disperatamente	verzweifelt
abbracciare	umarmen
camion *m*	LKW
esercito *m*	Armee
in fila	in einer Reihe
bara *f*	Sarg
finire	*hier:* landen
accarezzare	streicheln
semaforo *m*	Ampel
clacson *m*	Hupe
motorino *m*	Mofa

"La mia collega Stefi ha il coronavirus! Dobbiamo metterci tutte in quarantena e fare il tampone! Se sono positiva potrei aver **contagiato** anche te e i miei genitori! Gli ho portato la spesa l'altro giorno! Oddio!"
Lorena piange **disperatamente**.
Massimo si siede accanto a lei e l'**abbraccia**.
"Calmati, Lorena. È già più di una settimana che non vai al lavoro, puoi anche non esserti contagiata."
"Ma il virus ha un'incubazione di due settimane! E la gente muore! Hai visto che cosa sta succedendo a Bergamo? Hai dimenticato le immagini del telegiornale dell'altra sera, i **camion** dell'**esercito in fila** per portare le **bare** fuori città? Forse **finiamo** presto anche noi in una bara!"
Lorena continua a piangere.
Massimo l'abbraccia e le **accarezza** la testa.
"Nessuno di noi finisce in una bara. Non muore nessuno. Calmati[i], amore. Calmati. Io sono qui con te."
Comincia a farsi sera, fuori piove. Dalla finestra del soggiorno si vede via Appia Nuova. A quest'ora normalmente la strada è piena di automobili in fila ai **semafori**, il rumore dei **clacson** e dei **motorini** è fortissimo.

> i Beim **Imperativ** werden Personal- bzw. Reflexivpronomen der Verbform angehängt, außer bei der Höflichkeitsform. Z. B.: *Scusami!* Aber: *Mi scusi!*

Esercizio 5: Imperativo. Bilden Sie den Imperativ (Befehlsform)!

1. (voi) calmarsi ______________________________!

2. (tu) andare ______________________________!

3. (noi) vedere ______________________________!

4. (tu) sentire ______________________________!

5. (Lei) scusare ______________________________!

Adesso invece è tutto **vuoto** e silenzioso, è un'immagine surreale.

"Pronto, mamma? È negativo! Il risultato del test è negativo!"

"Oh, grazie al cielo! Anche per gli altri colleghi?"

vuoto	leer
urlo *m*	Schrei

"Sì, anche per gli altri! Non si è contagiato nessuno! Per sicurezza dobbiamo finire il periodo di quarantena, ma questa è già una buona notizia!"

"Buona? È ottima! È una notizia da festeggiare! Lo dico subito a tuo padre... Pietro! Il tampone è negativo!"

Il signor[i] Marchetti fa un **urlo** di gioia e prende il telefono:

"Lorena, sono così felice! Io e la mamma abbiamo pas-

> Vor Nachnamen entfällt beim Wort **signore** das „e", genauso wie bei Berufsbezeichnungen oder Titeln mit der Endsilbe -re, wie *professore, dottore, ingegnere.* Z. B.: *L'ingegner Rossi è un signore di cinquant'anni.*

sato dei giorni di grande **pena**..."
"A chi lo dici, papà!"

pena *f*	Leid, Qual
convivenza *f*	Zusammenleben
litigare	streiten
urlare	schreien
avvocato *m*	Anwalt/Anwältin

I giorni passano e la quarantena finisce senza sintomi per nessuno.

Unbetonte Pronomen stehen in der Regel vor dem konjugierten Verb. Sind Modalverben im Satz, können Pronomen entweder vor dem konjugierten Modalverb (*Non lo posso mandare via*) stehen oder dem Infinitiv angehängt werden. Dabei entfällt beim Infinitiv das „e" (*Non posso mandarlo via*).

"Ciao Roby!"
"Ciao Lory! Come stai?"
"Oggi così così."
"Dov'è Massimo?"
"È andato al supermercato."
"Oh bene! Così possiamo parlare finalmente un po' da sole. Come va la **convivenza**?"
"Mah... bene. Solo che a volte mi manca qualche momento per me stessa."
"Perché non torna a casa sua? La quarantena è finita."
"Ma no, non posso mandarlo via. E poi non voglio. Stiamo bene insieme, **litigare** ogni tanto è normale."

Die Zeitangabe **ogni tanto** entspricht *qualche volta* oder *a volte*.

"Certo, poi in una situazione come quella attuale... Da me la coppia del piano di sopra **urla** in continuazione! Sono sicura che dopo la fine del lockdown gli **avvocati** faranno fortuna!"

Das Wort **fortuna** hat im Italienischen die Bedeutung von *Glück* im Sinne von günstiger Fügung des Schicksals. Der Ausdruck *fare fortuna* (sein Glück machen) wird verwendet, wenn jemand durch meist unverhoffte Umstände ein Vermögen verdient bzw. reich wird.

Le due amiche ridono. Poi Roberta domanda:
"**Scherzi a parte**, è successo qualcosa?"

Esercizio 6: Passato prossimo. Lesen Sie weiter und konjugieren Sie die Verben im *passato prossimo*!

"Ma no, niente di speciale. Prima io **1.** andare __________ giù a prendere la posta e **2.** incontrare __________ Renato. Lui **3.** fermarsi __________ a parlare come al solito, allora dopo un po' **4. scendere** __________ anche Massimo e i due **5.** litigare __________."

"Beh, così forse la finisce di **darti fastidio**, no?"
"Sì, questo è vero. Però sicuramente li hanno sentiti tutti nel palazzo. Non mi piacciono queste **scenate**, lo sai."
"Ma dai, **che t'importa?** Con questa clausura **abbiamo** tutti **i nervi a pezzi**!"
"Sì, ma è stata più di una discussione. Per un momento ho pensato: 'Adesso **si picchiano**'".
"Ma non si sono picchiati, no?"
"No, per fortuna no."

scherzi a parte	Spaß beiseite
scendere	*hier:* runtergehen
dare fastidio	belästigen
scenata *f*	Szene
⚡ **Che t'importa?**	Was kümmert dich das?
avere i nervi a pezzi	nervlich am Ende sein
picchiarsi	sich prügeln

confuso	verwirrt
tingersi	sich färben
parrucchiere/a *m/f*	(Damen)-Friseur(in)
scarico	entladen
caricabatterie *m*	Ladegerät

"Dai, non ci pensare più."
"Poi ho ricevuto un messaggio di Alessio."
"Davvero? E che cosa ha scritto?"
"Che gli dispiace, vuole sapere come sto..."
"E tu che gli hai risposto?"
"Ancora non gli ho risposto, veramente. Mi sento **confusa**... È tornato Massimo, ne parliamo un'altra volta."
"Va bene. Vogliamo accendere il video? **Mi sono tinta** i capelli di rosso!"

> Die Partikel **ci** ersetzt hier eine Ergänzung mit der Präposition a (*Non pensare a questa cosa.*) und kann im Deutschen mit *daran* wiedergegeben werden.

"Da sola?"
"Da sola! Lo sai che i **parrucchieri** sono chiusi... Dai, così mi dici se ti piace."
"Purtroppo ho la batteria del cellulare quasi **scarica**. È da stamattina che cerco il **caricabatterie** e non lo trovo!"
"Ma cosa fai tutto il giorno? Metti in ordine, no?"
"Sembri mia madre!"
"Va bene, dai! Ti mando un selfie, allora! Ci sentiamo presto, ciao!"

Esercizio 7: Aggettivi. Welche Adjektive können sich auf Haare beziehen? Unterstreichen Sie!

rossi gialli neri larghi lunghi stretti
biondi ricci quadrati castani corti tristi
bianchi lisci allegri

3 Una notizia terribile

È il Venerdì santo ℹ. I signori Marchetti sono seduti davanti al televisore. Il governo **ha prolungato** il lockdown fino al tre maggio.

prolungare	verlängern
Pasqua *f*	Ostern
incidente *m*	Unfall
scivolare	ausrutschen
pavimento *m*	Boden
battere	*hier:* schlagen
ambulanza *f*	Krankenwagen
salire	(ein)steigen
raggiungere	*hier:* nachkommen

"È la prima **Pasqua** che passiamo da soli," dice la signora Marchetti.

"Che tristezza," commenta suo marito. "Hai sentito Lorena oggi?"

"No, non ancora."

Proprio in quel momento suona il cellulare della signora.

"Telepatia! È Lorena che chiama. Pronto, Lory?"

"Signora," dice una voce maschile. "Sono Massimo, il ragazzo di Lorena. È successa una cosa terribile. Un **incidente**..."

"Oddio! Che cosa è successo?"

"Lorena è **scivolata** in bagno. Probabilmente è uscita dalla doccia, il **pavimento** era bagnato e... ha **battuto** la testa."

"Oh no, ma adesso dov'è?"

"In **ambulanza**. La stanno portando all'ospedale San Giovanni. Non mi hanno fatto **salire** ma adesso la **raggiungo** in macchina."

ℹ Die Karwoche wird auf Italienisch **Settimana Santa** genannt. Das Adjektiv *santo* bezeichnet auch den Gründonnerstag (*Giovedì santo*) und den Karfreitag (*Venerdì santo*). Wichtig zu wissen: Karfreitag ist kein Feiertag in Italien.

"Arriviamo subito anche noi. Ci vediamo lì!"
"Va bene."
Il signor Marchetti guarda sua moglie preoccupato.
"Che cosa è successo?"
"Presto, mettiti le scarpe e la giacca! Dobbiamo andare all'ospedale."

pronto soccorso *m*	Notaufnahme
misura *f*	*hier:* Maßnahme
rigido	*hier:* streng
viso *m*	Gesicht
mascherina *f*	Nasen-Mund-Schutz
avvicinarsi	sich nähern
nudo	nackt
pozza *f*	Pfütze
sangue *m*	Blut
asciugamano *m*	Handtuch
asciugarsi	abtrocknen

Davanti al **pronto soccorso** ci sono diverse persone. Nessuno può entrare, le **misure** anti-Covid sono molto **rigide**. Un bel ragazzo alto, con i capelli scuri e il **viso** mezzo coperto da una **mascherina si avvicina**.
"I signori Marchetti?"
"Sì?"
"Io sono Massimo, mi dispiace che dobbiamo conoscerci in questa situazione."
"Massimo, ma com'è successo?"
"Veramente non lo so, io sono andato al supermercato, c'era la fila e quando sono tornato l'ho trovata[i] in bagno **nuda** per terra, dietro la testa una **pozza** di **sangue**. Era tutto bagnato. Forse ha cercato di prendere l'**asciugamano** ed è scivolata, non lo so... Ho subito chiamato l'ambulanza e poi ho chiamato voi."
Il ragazzo **si asciuga** gli occhi rossi.
"Forse si è sentita male," dice il padre a voce bassa.

i Die Endung des Partizips beim ***passato prossimo*** muss angeglichen werden, auch wenn das Hilfsverb **avere** ist, falls unbetonte direkte Pronomen vor dem Verb stehen (z. B. *Ho mangiato le mele = Le ho mangiate*).

"Andiamo, vediamo se fanno entrare noi."
La signora va verso l'entrata del pronto soccorso. Subito arriva un uomo e la ferma:
"Signora, qui non entra nessuno. E metta la mascherina, è obbligatoria."
"Ma mia figlia è **ferita**! Voglio sapere come sta!"
"Purtroppo è la regola, nessuno(i) può entrare. In **sala d'aspetto** non c'è più posto. Aspettate qui e mantenete la distanza di sicurezza di un metro e mezzo."

ferito	verletzt
sala *f* **d'aspetto**	Wartesaal
abbassare	senken
ferita *f*	Verletzung
morire	sterben
intervenire	sich einschalten

Qualche ora dopo esce un medico:
"I parenti di Lorena Marchetti?"
"Siamo noi! Siamo i genitori," dice il signor Marchetti. "Come sta?"
Il medico li porta lontano dalla gente, **abbassa** gli occhi e poi dice:
"Mi dispiace, la **ferita** era troppo grave. Vostra figlia..."
"**È morta**?" **interviene** la signora.
"Purtroppo sì," dice il medico.
"No! Non è possibile! Non è possibile!" urla la madre.
I genitori si abbracciano disperati.
Qualche ora dopo, il commissario Luciana Bianchi e il suo collega, l'ispettore Antonio Ricci, sono seduti

(i) Die Indefinita **nessuno** (niemand) und **niente** (nichts) brauchen in der Regel zusätzlich die Negation *non*, denn im Italienischen bleibt die doppelte Verneinung negativ. Allerdings entfällt das *non*, wenn die oben genannten Indefinita direkt am Satzanfang stehen. Z. B. *Non può entrare nessuno / Nessuno può entrare*.

nel soggiorno dei signori Marchetti. "Vedete, non crediamo a un semplice incidente," dice il commissario. "Sul corpo di vostra figlia c'erano segni di **violenza**, anche qualche **contusione risalente** ai giorni **precedenti** alla sua morte. Sapete se aveva problemi con il suo fidanzato?"

violenza *f*	Gewalt
contusione *f*	Prellung
risalente	*hier:* zurückreichend
precedente	vorig
essere contrario	dagegen sein
lasciarsi	*hier:* sich trennen
convivere	zusammenleben

Esercizio 8: Vero o falso? Kreuzen Sie die richtigen Aussagen an!

1. Lorena si è ferita gravemente in bagno. ❒
2. Massimo ha accompagnato Lorena all'ospedale. ❒
3. I signori Marchetti vedono Massimo per la prima volta all'ospedale. ❒
4. Solo i genitori possono vedere la ragazza. ❒
5. I medici non hanno potuto aiutare Lorena. ❒

"Veramente noi non lo conosciamo. L'abbiamo visto per la prima volta ieri sera al pronto soccorso. A causa del lockdown non c'è stata la possibilità di vedersi prima," dice la madre. "Poi noi **eravamo contrari**, erano insieme solo da qualche mese. Lorena ha avuto una brutta esperienza con il suo ex fidanzato. **Si sono lasciati** dopo dieci anni e adesso per noi era presto per una nuova relazione. E poi **convivere**..." aggiunge il padre.

"Beh, la convivenza non è stata una cosa programmata," dice la signora. "Si sono dovuti mettere in quarantena. Allora lui è rimasto a casa sua. Comunque Lorena ha sempre parlato molto bene di lui. Non credo che...," dice la signora. "Ma forse la sua migliore amica, Roberta, sa qualcosa di più."

"Ci può dare il numero di telefono?"

voce *f*	Stimme
salvare	speichern
lacrima *f*	Träne
sigillato	versiegelt
all'improvviso	plötzlich
vicino *m*	Nachbar
fare la corte	den Hof machen
perdere la testa	durchdrehen

"Oh, il numero non lo so. Comunque si chiama Roberta Mariani," risponde la madre. Poi a **voce** bassa aggiunge: "Il suo numero è sicuramente **salvato** sul cellulare di Lorena. Possiamo andare a prenderlo." **Lacrime** di dolore escono dai suoi occhi.

"L'appartamento di Lorena adesso è **sigillato**, ma il cellulare lo abbiamo preso noi," dice il commissario.

Poi il padre di Lorena **all'improvviso** dice:

"E se c'entra qualcosa quel **vicino** di casa?"

"Quale vicino?" domanda il commissario.

"Renato!" interviene la madre. "Il cognome non lo so, abita al sesto piano del palazzo di Lorena. Lorena ci ha detto che le **faceva la corte**, che era molto insistente. Forse **ha perso la testa** quando ha visto che Lorena era insieme a Massimo!"

Das Verb **entrare** (hineingehen) gewinnt durch die Partikel *ci* eine idiomatische Bedeutung: mit etwas zu tun haben.
Z. B.: *C'entri qualcosa tu con questa storia? No, io non c'entro niente!* (Hast du etwas mit dieser Geschichte zu tun? Nein, ich habe damit nichts zu tun!)

"Allora dobbiamo parlare

anche con lui," dice l'ispettore.
"Sì," risponde il commissario. "Ma prima andiamo a parlare con il ragazzo."

distintivo *m*	Dienstmarke
scontrino *m*	Kassenzettel
faccia *f*	Gesicht
essere sulla pista sbagliata	auf der falschen Spur sein
lite *f*	Streit

"È Lei Massimo Giorgi?" domanda il commissario davanti alla porta e fa vedere il **distintivo**.
"Sì, prego, entrate," risponde l'uomo.
Si mettono seduti e Massimo dice:
"Allora secondo voi non è stato un incidente? Ma chi può essere stato?"
"Lei, per esempio," dice il commissario.
"Io? Ma sta scherzando? Io ero al supermercato! Ho anche lo **scontrino**!"
"Lo scontrino non dimostra nulla. Ha qualcuno che può confermare che Lei è stato al supermercato?"
"Il cassiere. Ma con queste mascherine non so se può ricordare la mia **faccia**... Comunque **siete sulla pista sbagliata**, fra me e Lorena non c'era nessun problema, era amore vero il nostro!"
"Nessuna **lite**?"
"Qualche lite c'è stata, come è normale fra coppie, ma io non c'entro niente! Piuttosto quel Renato..."
"Renato Gualtieri?"

Esercizio 9: Preposizioni. Lesen Sie weiter und ergänzen Sie die Präpositionen, wenn nötig mit dem Artikel!

"Sì, quello! Lorena aveva paura **1.** ________ lui. Abbiamo anche avuto una discussione circa dieci giorni **2.** ________. Lui ha fermato Lorena davanti **3.** ________ cassette **4.** ________ posta, quel bastardo non aveva neanche rispetto di me che ero il suo ragazzo, era geloso **5.** ________ me. Potete chiedere **conferma** agli altri del palazzo. Sicuramente ci hanno sentito tutti."

"Perché Lorena aveva paura?"

"Perché secondo lei non era normale, era troppo insistente. Aveva una mania per lei. E una volta, prima del lockdown, l'ha seguita fino al lavoro con la scusa di un appuntamento in centro.

conferma *f*	Bestätigung
matto	verrückt

Quel giorno, quando sono uscito per fare la spesa, lui mi ha visto. Sicuramente è andato da Lorena, è entrato con qualche scusa, lei era mezza nuda perché aveva fatto la doccia e poi ha perso la testa... Divento **matto** se ci penso! Quel pomeriggio la fila fuori dal supermercato era lunghissima, avevo almeno trenta persone davanti, era prima di Pasqua. Non ci ho mai messo così tanto a fare la spesa."

Die erste Bedeutung des Wortes **scusa** ist *Entschuldigung*. Allerdings wird es auch oft im Sinne von *Rechtfertigung* oder *Ausrede* verwendet.

Di nuovo in macchina il commissario domanda all'ispettore:

"Tu cosa ne pensi?"

"Non lo so. Dobbiamo par-

Die Partikel **ne** ersetzt hier eine Ergänzung mit der Präposition *di: Che cosa ne pensi? = Che cosa pensi di questa situazione?* (Was hältst du davon?)

fatto *m*	Tatsache, Ereignis
girarsi	sich umdrehen
cortile *m*	Hof

lare con questo Renato Gualtieri."
"E con la migliore amica della ragazza," aggiunge il commissario.
"Sì, giusto."
Renato Gualtieri dà un'altra versione dei **fatti**:
"Venerdì io ho visto Lorena, è vero, ma non a casa sua. Eravamo tutti e due in fila fuori dal supermercato. Aveva la mascherina, ma io l'ho riconosciuta. Era più avanti di me nella fila, c'erano forse dieci persone fra noi. Io l'ho chiamata e salutata da lontano. Lei **si è girata** ma non mi ha risposto. Il suo ragazzo era geloso; lei non mi salutava più da quando avevamo litigato davanti alle cassette della posta."
"Perché avete litigato?"
"Perché secondo me lui era la persona sbagliata per lei. Era sempre chiusa in casa con lui con la scusa del lockdown."
"Beh, al momento sono tutti chiusi in casa."
"Sì, ma per lei non era possibile neanche fare la spesa! Secondo me è matto. Ho provato a dirlo a Lorena, ma poi è arrivato lui e ha cominciato ad urlare."
"Lei l'ha incontrata davanti al supermercato, ha detto."
"Sì, ma solo quel giorno, per la prima volta. Infatti ero sorpreso, è sempre andato lui a fare la spesa. A volte li ho visti insieme in **cortile** a prendere un po' d'aria e poi quel giorno alle cassette della posta."
"Li ha mai visti o sentiti litigare?"
"No, io abito due piani sopra Lorena. È troppo lontano per sentire, e poi in un palazzo con tanti appartamenti c'è sempre qualcuno che litiga o discute. Però, secondo me Lorena non era felice. Quel tipo non mi è piaciuto fin dall'inizio, come non mi è mai piaciuto il suo ex, Alessio, un altro idio-

ta di prima categoria. Lorena ha sempre scelto persone sbagliate."
"Va bene, signor Gualtieri. Per oggi è tutto, però deve rimanere a **disposizione**."
"Certo, tanto dove posso andare con il lockdown?" risponde l'uomo con una **risata** quasi isterica.

Roberta Mariani, l'amica di Lorena, guarda il commissario con occhi tristi.
Poi risponde:
"Renato? Sì, si era fissato con Lorena. Però arrivare ad **ucciderla**... non lo so... Io veramente ho sempre avuto una sensazione strana verso questo Massimo. Non l'ho mai visto di persona, solo in videochiamata. Sicuramente un bel ragazzo, molto premuroso verso Lorena, però era troppo presente. Era un controllo continuo. Da quando era andato a stare da lei Lorena non aveva più un momento per sé, non era mai sola. Quando eravamo al telefono lui era in un'altra stanza per farci parlare fra amiche, ma in realtà **ascoltava** tutto. L'ho capito dal **comportamento** di Lorena. "
"Lorena le ha raccontato di problemi e liti?"
"A volte, ma ha sempre **minimizzato**. Lorena era molto **fragile** psicologicamente. A causa del suo ex ha avuto una forte depressione e secondo me era facile da manipolare."
"Durante le videochiamate le ha mai visto segni di violenza sul viso o sulle braccia?"
"No... però, nelle ultime settimane non abbiamo più fatto videochiamate. Lorena aveva sempre qualche problema con

disposizione *f*	Verfügung
risata *f*	Lachen
uccidere	töten
ascoltare	(zu)hören
comportamento *m*	Benehmen, Verhalten
minimizzare	bagatellisieren
fragile	zerbrechlich

il cellulare. Forse, a questo punto, il problema era un altro. In fondo chi fa il **buttafuori** in una discoteca non è un tipo delicato..."

buttafuori *m*	Rausschmeißer, Türsteher
gabbia *f*	Käfig
volare	fliegen
confondere	in Verwirrung bringen, verunsichern
contraddire	widersprechen
crollare	zusammenbrechen
picchiare	(ver)prügeln, schlagen

"Il buttafuori? A noi ha detto che lavora alla cassa di una discoteca," risponde il commissario.
"Beh, suona meglio," dice la ragazza.
"Quando ha sentito Lorena l'ultima volta?"
"Mi ha mandato un messaggio su WhatsApp proprio il pomeriggio del Venerdì santo, eccolo."
Il commissario legge ad alta voce:

> ℹ Mit dem umgangssprachlichen Ausdruck **essere messi male** wird ironisch auf die schlechte Lage hingedeutet, in der man sich gerade befindet.

"Sto andando al supermercato. È ora di uscire dalla **gabbia** e di tornare a **volare**."
"Quando l'ho letto mi sono messa a ridere. Ed ecco la mia risposta: 'Se andare al supermercato significa volare, siamo messi davvero male ℹ!' Però lei non ha più risposto."

Massimo Giorgi muove le mani nervosamente. Le domande insistenti del commissario lo fanno **confondere**. A volte si **contraddice**. Alla fine **crolla**.
"È stato un incidente! Solo un tragico incidente! Non volevo ℹ ucciderla! Io non volevo!"
"Però l'**ha picchiata**, vero?"
"Sì, ho perso il controllo. È voluta andare al supermercato per forza, ed è tornata dopo più di due ore. Ha lasciato il

cellulare a casa, l'ho controllato e ho trovato un messaggio del suo ex. Allora ho pensato: 'È andata a incontrare lui'. Quando è tornata abbiamo litigato. Lei ha negato l'incontro con l'ex, mi ha detto: 'Tu sei matto! Se non mi credi, puoi chiedere a Renato, anche lui era in fila davanti al supermercato! Quando ho sentito il nome di Renato ho cominciato a urlare allora lei mi ha detto: "Basta! È finita, hai capito? È finita! Esci da casa mia! Prendi le tue cose, quando esco dalla doccia devi essere **sparito**! Hai capito?'"

sparito	verschwunden
attacco *m*	Anfall
gelosia *f*	Eifersucht
insultare	beschimpfen
spigolo *m*	Kante
muro *m*	Wand
perdere i sensi	bewusstlos werden

"E allora Lei ha cominciato a picchiarla," dice l'ispettore Ricci.

"No, lei è andata a fare la doccia. Io ho cominciato a prendere le mie cose, ma poi ho pensato a Renato, adesso aveva via libera. Ho avuto un **attacco** di **gelosia**. Allora sono andato in bagno, ho aperto la porta della doccia e l'ho **insultata**, ho cominciato a picchiarla e poi..."

"E poi?"

"... è scivolata sul pavimento bagnato e ha battuto la testa contro lo **spigolo** del **muro**. Ha **perso i sensi**, c'era sangue e allora ho chiamato l'ambulanza..."

"Non era la prima volta che la picchiava, vero?"

L'uomo abbassa gli occhi e non dice niente.

Das **Imperfetto** drückt Handlungen aus, die sich in der Vergangenheit regelmäßig oder wiederholt abgespielt haben. Mit dem Modalverb **volere** drückt es eine Absicht aus, die sich eventuell nicht verwirklicht oder deren Verwirklichung (noch) nicht bestätigt wird. Die Formen heißen: *io volevo, tu volevi, lui/lei voleva, noi volevamo, voi volevate, loro volevano.*

subire	erleiden
prigioniero/a *m/f*	Gefangene

"Ma io non volevo... non volevo..."
La macchina del commissario attraversa le strade vuote del centro. È sera e le finestre delle case sono quasi tutte illuminate. Il commissario Luciana Bianchi con tristezza pensa a quante donne dietro quelle finestre chiuse adesso **subiscono** violenza, **prigioniere** a casa loro.

Esercizio 10: Traduzione. Übersetzen Sie die Wörter zum Thema „Wohnen" und finden Sie das Lösungswort!

1. Gebäude: ☐ _ _ _ _ _ _
2. Hof: _ _ _ _ ☐ _ _
3. Haus: _ ☐ _ _
4. Wohnung: _ _ _ _ _ _ _ _ _ _ _ _ ☐ _ _
5. Tor: _ ☐ _ _ _ _ _

Lösung: ☐ ☐ ☐ ☐ ☐

Un vero motivo

Alessandra Felici Puccetti

1 Vita di paese

mancare	fehlen
lento	langsam
vicino/a *m/f*	Nachbar(in)
infatti	in der Tat
abitante *m/f*	Einwohner(in)
trasferimento *m*	Umzug
cambiamento *m*	Veränderung
età *f*	Alter
rimpianto *m*	Bedauern

"Dai, Noemi, non ci credo! Tuo marito è di qui, ma tu no. Sei nata a Milano e ci hai abitato per tanti anni. Veramente la grande città non ti **manca**?"

"No, non mi manca. Qui la vita ha un ritmo più **lento**, più tranquillo. I **vicini** si conoscono tutti, c'è più controllo sociale, più sicurezza."

"Per la sicurezza ti capisco, ma non c'è solo quella."

"**Infatti**: gli aspetti positivi sono tanti. Io ho conosciuto da vicino le Marche grazie a Emanuele. Lui allora lavorava già a Milano. Siamo venuti qui la prima volta insieme perché voleva presentarmi i genitori. La regione mi è piaciuta subito e anche gli **abitanti**."

"Un **trasferimento** definitivo è un bel **cambiamento**, però, specialmente alla nostra **età**."

"È stata una decisione abbastanza spontanea, ma non abbiamo **rimpianti**.

ci kann sowohl ein Adverb als auch ein Pronomen sein. Das Adverb bedeutet: hier(hin), dort(hin) (*Ci sono nata.* = Ich bin dort geboren. *Non ci vado più.* = Ich gehe nicht mehr (dort)hin.). Das Pronomen heißt: uns, man, daran bzw. davon (*Ci hanno invitato.* = Sie haben uns eingeladen. *Quando ci incontriamo?* = Wann treffen wir uns? *Ci vuole tempo.* = Es braucht Zeit. *Non ci pensare!* = Denke nicht daran!).

Dopotutto non abbiamo né figli né nipoti, siamo indipendenti. Gli amici milanesi li vediamo **comunque**. Siamo proprio contenti della vostra **visita**!"

"E noi del vostro **invito**. Abbiamo due **guide** eccezionali per **scoprire** questi posti."

Emanuele Foschi è **marchigiano**. Quando lui e la moglie Noemi sono andati in **pensione** hanno deciso di tornare nella sua regione **di origine**. Da un anno abitano a Cingoli, un **paese** tra la costa adriatica e gli Appennini, non lontano da Macerata. **Ora** hanno in visita Filippo e Ivana, una **coppia** di amici di Milano. Insieme a loro siedono al bar della piazza per l'aperitivo.

"Guide eccezionali..." ripete Emanuele. "Beh, **non proprio**! Però è vero: le Marche sono bellissime e poco conosciute. Il turismo c'è, naturalmente, ma nell'Italia centrale la Toscana **fa la parte del leone**. Invece anche qui c'è

comunque	ohnehin, sowieso
visita *f*	Besuch
invito *m*	Einladung
guida *f*	*hier:* Reiseführer
scoprire	entdecken
marchigiano	aus der Region Marken kommend
pensione *f*	Rente
di origine	Herkunfts..., Ursprungs...
paese *m*	Dorf
ora	jetzt
coppia *f*	Paar
non proprio!	nicht wirklich!
fare la parte del leone	den Löwenanteil spielen

Enkel und *Neffe* haben auf Italienisch die gleiche Übersetzung: **nipote**.

Die Region **Marken** ist in fünf Provinzen unterteilt: Ancona, Ascoli Piceno, Fermo, Macerata und Pesaro-Urbino. Das Dorf **Cingoli** mit einem intakten historischen Kern liegt auf einer Anhöhe und bietet einen schönen Panoramablick bis zur Küste. Daher wird es *Balcone delle Marche* (Balkon der Marken) genannt.

molto da vedere. Ho già fatto un programma per i prossimi giorni. Domani cominciamo con il duomo di Ancona e la chiesa di Santa Maria di Portonovo, un piccolo **gioiello** di architettura romanica proprio sul mare. E già che siamo al mare, vi faccio **assaggiare** il brodetto nel nostro ristorante preferito. Il giorno dopo..."

gioiello *m*	Juwel
assaggiare	kosten
interrompere	unterbrechen
secondo	*hier:* nach, gemäß
dopodomani	übermorgen

Die mittelalterliche Stadt **Macerata** hat ca. 41.000 Einwohner und ist Sitz einer traditionsreichen Universität. Erwähnenswert ist die *Arena Sferisterio* mit einer großen Freilichtbühne auf der im Sommer Opernfestspiele stattfinden.

Filippo **interrompe** l'amico: "Un momento: che cosa è il brodetto? Una specialità a base di pesce, immagino."

"Esatto: è una zuppa con molti tipi di pesce, tredici **secondo** la ricetta originale. Io sono di Macerata[i], non proprio della costa, ma il pesce mi piace moltissimo. Anche a voi, no?"

"Ma certo! Allora, **dopodomani**..."

Esercizio 1: Plurale. Schreiben Sie den Plural mit dem bestimmten Artikel auf!

1. l'amico *gli amici*
2. il bar ____________
3. l'aperitivo ____________
4. il programma ____________
5. la specialità ____________

Emanuele vuole **continuare**, ma un **conoscente attraversa** la piazza e lui lo saluta da lontano.
Quello va subito al tavolo e si presenta:
"Buongiorno a tutti, sono un compagno di **bocce** di Emanuele."
Poi **si rivolge** direttamente **a**

continuare	fortfahren
conoscente *m/f*	Bekannte(r)
attraversare	überqueren
bocce *f pl*	Bocciaspiel
rivolgersi a qu.	sich an jmd. wenden
avvelenamento *m*	Vergiftung
suocera *f*	Schwiegermutter

Das Wort *pelle* (= Haut bzw. Leder, Fell) heißt im übertragenen Sinne auch „Leben":
lasciarci/rimetterci la pelle = sein Leben dabei verlieren;
rischiare la pelle = das Leben riskieren;
fare la pelle a qualcuno = jemandem den Garaus machen.

Emanuele: "Non ti disturbo, spero, solo un minuto... Sai già di Vittorio?"
"No, che c'è?"
"Vittorio Rocchio è in ospedale da ieri, per **avvelenamento**," spiega il conoscente,
"Sei sicuro?" chiede Foschi.

Esercizio 2: Passato prossimo. Lesen Sie weiter und konjugieren Sie die Verben im *passato prossimo*!

"Sicurissimo. L' **1.** dire *ha detto* Dora a mia **suocera**. E se non lo sa Dora, che è l'amica di Vittorio... Speriamo bene: gli altri due ci hanno lasciato la pelle(i)! **2.** Sapere ________ che oggi la polizia vuole controllare la casa di Macerata. Nella casa di Cingoli non **3.** trovare ________ niente, ma deve fare altre ricerche. Il fratello e la **cognata** di Vittorio

4. mangiare ______________________ lì insieme a lui."

Gli amici milanesi ascoltano senza capire. Emanuele è **sorpreso**. Noemi invece è diventata **seria**.

Il conoscente continua: "La cosa comincia a essere **strana**, no? L'idea dell'**incidente** mi **convince** sempre meno. Per me l'avvelenamento di Vittorio **è legato a** quella brutta storia di qualche anno fa(i). Vittorio ha voluto fare l'**eroe** e questo è il risultato. La mafia ha la **memoria** lunga!"

Filippo e Ivana si guardano perplessi.

"Vittorio Rocchio è di Macerata, ma viene spesso a Cingoli, perché ha una **seconda casa** fuori dal paese," spiega Emanuele. "Ogni tanto **giochiamo** a bocce e facciamo due chiacchiere(i), ma non lo conosco bene. Circa un mese fa il fratello

cognata *f*	Schwägerin
sorpreso	überrascht
serio	ernst
strano	seltsam, merkwürdig
incidente *m*	Unfall
convincere	überzeugen
essere legato a qc.	mit etw. in Verbindung stehen
eroe *m*	Held
memoria *m*	Gedächtnis
seconda casa *f*	Ferienhaus, Ferienwohnung
giocare	spielen

Das Adverb **fa** (= vor) wird immer nachgestellt (z.B.: *un anno fa* = vor einem Jahr).

In einigen Redewendungen stehen die Zahlen *due* bzw. *quattro* für *ein paar* (Beispiele: **fare due/quattro chiacchiere** = ein Schwätzchen halten; *fare due/quattro passi* = ein paar Schritte gehen).

di Vittorio e la moglie sono morti per avvelenamento. Avevano mangiato qui con lui a **Pasqua**. Sicuramente è stata un'**intossicazione accidentale**. In paese però non succede mai nulla[i] di misterioso, quindi la cosa ha **fatto notizia**."

> Im Italienischen ist es möglich, in einem Satz die doppelte oder sogar dreifache Verneinung zu haben. Der Sinn des Satzes bleibt negativ.

"Sì, ma ora anche Vittorio è in ospedale," dice Noemi **preoccupata**. "E che cos'è la storia della mafia? Io non so niente."
"A dire la verità, nemmeno io," risponde il marito e **invita** con gli occhi il conoscente a dire di più.
Quello invece guarda le **facce** nuove dei signori di Milano e **si tira indietro**.
"Ah, non conoscete quei fatti?" dice **improvvisamente** insicuro. "In paese sono **noti** praticamente a tutti, quindi credevo anche a voi. È una storia un po' lunga, però, per **raccontarla** ora in piazza. Vedo che avete ospiti, non voglio **rubarvi** altro tempo. E poi... ho parlato di mafia, ma è solo un'idea mia. Alla prossima[i], allora, buon pranzo!"

Pasqua *f*	Ostern
intossicazione *f*	Vergiftung
accidentale	zufällig
fare notizia	Aufsehen erregen
preoccupato	beunruhigt, besorgt
invitare	einladen
faccia *f*	Gesicht
tirarsi indietro	einen Rückzieher machen
improvvisamente	plötzlich
noto	bekannt
raccontare	erzählen
rubare	*hier:* in Anspruch nehmen

> **Alla prossima (volta)!** (Bis zum nächsten Mal!/Bis dann!) sagt man gerne unter Freunden oder Bekannten, wenn man sich verabschiedet.

Esercizio 3: L'intruso. Welches Wort ist das „schwarze Schaf" und passt nicht in die Reihe? Streichen Sie das Wort durch!

1. paese | città | ~~costa~~ | località
2. vedere | spiegare | guardare | osservare
3. libro | giornale | storia | rivista
4. dire | parlare | raccontare | incontrare
5. pranzo | entrata | cena | colazione

2 Il veleno perfetto

Prima della morte di Felice Rocchio e della moglie, il commissario Corrado Marchesi sapeva poco del **tallio**. Ha dovuto **consultare** un esperto.

"Lei non legge i gialli (i)?" gli ha chiesto il **tossicologo**. "Il tallio è l'**arma del delitto** in un libro di Agatha Christie. È il veleno perfetto per un **omicidio**. Tanto perfetto che è stato **utilizzato** spesso in passato per **eliminare** persone scomode. È **incolore**, **inodore** e **insapore** e **si scioglie** facilmente nell'acqua. Inoltre non **agisce** subito. La persona che lo **ingerisce** muore dopo diversi giorni. Fino a quel momento ha sintomi presenti anche in altre patologie."

"Così c'è il **rischio** di non **riconoscere** subito l'avvelenamento."

veleno *m*	Gift
tallio *m*	Thallium
consultare	*hier:* zu Rate ziehen
tossicologo *m*	Facharzt für Vergiftungen
arma *f* **del delitto**	Mordwaffe
omicidio *m*	Mord
utilizzare	verwenden
eliminare	beseitigen
incolore	farblos
inodore	geruchlos
insapore	geschmacklos
sciogliersi	sich (auf)lösen
agire	*hier:* wirken
ingerire	einnehmen
rischio *m*	Risiko
riconoscere	erkennen

(i) Ein **giallo** ist umgangssprachlich ein Kriminalroman. Die Bezeichnung entstand Ende der zwanziger Jahre, als eine erfolgreiche Krimireihe mit gelben Buchumschlägen (*giallo* = gelb) veröffentlicht wurde.

"Esatto, invece è importante **intervenire** presto con un **antidoto** perché il tallio è un veleno molto forte, già un grammo può essere fatale."

"Nel **caso** dei due poveri **pensionati**, però, dobbiamo pensare piuttosto a un incidente."

> **Come** wird sowohl als Fragewort (*Come stai?* Wie geht es Dir?) benutzt als auch in der Bedeutung von *als* (*come ratticida...* als Rattengift).

"Lo credo anch'io. Il tallio è utilizzato nell'industria per prodotti diversi. Come **ratticida** è **vietato** da anni in Italia perché è tanto pericoloso. Forse però i Rocchio avevano ancora da qualche parte resti di veleno per **topi** che hanno contaminato del **cibo** oppure l'acqua di un **pozzo**. L'avvelenamento **è avvenuto** in **campagna**, no? Bisogna fare le analisi."

Esercizio 4: Preposizioni. Lesen Sie weiter und ergänzen Sie die korrekten Präpositionen, wenn nötig mit dem Artikel!

Considerando l'azione **ritardata** **1.** _*del*_ veleno, l'intossicazione è stata datata intorno a Pasqua. I Rocchio in quei giorni erano **2.** ________ Cingoli, ospiti **3.** ________ Vittorio, il fratello del morto. Lì però non sono state trovate **tracce** di tallio e nemmeno **4.** ________ **abitazione** delle **vittime** a Macerata. Le analisi non sono servite a chiarire le **circostanze** **5.** ________ morte. La polizia ha **archiviato** il caso come tragica intossicazione accidentale.

Vittorio Rocchio allora stava bene.

Adesso, un mese dopo, è in ospedale. Non è in **pericolo di vita** solo perché ha ricevuto in tempo il **trattamento** giusto. A causa del **precedente** in famiglia c'è stato subito il **sospetto** di avvelenamento da tallio.

I medici naturalmente **hanno avvertito** la polizia.

Secondo le analisi, il paziente ha preso lo stesso veleno del fratello, ma diversi giorni dopo.

Il commissario Marchesi legge preoccupato il **referto**: certo, forse il signor Vittorio, il fratello e la cognata hanno mangiato lo stesso cibo contaminato in momenti successivi. Ma che cosa e dove, se i resti di quel cibo a Cingoli non

Bisogna heißt *man muss, es ist nötig/notwendig*. Es folgen entweder ein Infinitiv oder *che* + Konjunktiv. Beispiele: *Bisogna fare le analisi.* = Man muss Untersuchungen machen. *Bisogna che tu ci vada.* = Es ist notwendig, dass du hingehst.

intervenire	eingreifen
antidoto *m*	Gegengift
caso *m*	Fall
pensionato/a *m/f*	Rentner(in)
ratticida *m*	Rattengift
vietato	verboten
topo *m*	Maus
cibo *m*	Lebensmittel, Nahrung
pozzo *m*	Brunnen
avvenire	sich ereignen, geschehen
campagna *f*	Land
ritardato	*hier:* zeitversetzt
traccia *f*	Spur
abitazione *f*	Wohnung, Wohnhaus
vittima *f*	Opfer
servire	*hier:* helfen
circostanza *f*	Umstand
archiviare	ablegen
pericolo *m* **di vita**	Lebensgefahr
trattamento *m*	Behandlung
precedente *m*	vorangehender Fall
sospetto *m*	Verdacht
avvertire qu.	jmd. benachrichtigen
referto *m*	Befund

sono mai stati trovati? I Rocchio **sono** particolarmente **sfortunati** oppure bisogna fare altre ipotesi?

Marchesi ha incontrato per la prima volta Vittorio Rocchio quando sono morti i **parenti**. Il suo nome però lo conosceva già.

Quattro anni prima, infatti, l'**azienda** dove il signor Rocchio lavorava aveva cambiato **proprietario**. Il nuovo proprietario, un **prestanome** della mafia, **riciclava denaro sporco**. Rocchio l'aveva capito da alcune irregolarità **contabili** e aveva **denunciato** la cosa alla polizia. La **ditta** era rimasta chiusa per un po' e poi **era fallita**. Tanti **avevano perso** il lavoro. Rocchio **aveva ricevuto minacce** non solo dalla mafia, ma anche da ex colleghi.

essere sfortunato	Pech haben
parente *m/f*	Verwandte(r)
azienda *f*	Firma
proprieta-rio/a *m/f*	Besitzer(in)
prestano-me *m/f*	Strohmann/-frau
riciclare denaro sporco	Geldwäsche betreiben
contabile	Buchhaltungs-
denunciare	anzeigen
ditta *f*	Firma
fallire	*hier:* Bankrott gehen
perdere	verlieren
ricevere	erhalten
minaccia *f*	(Be)drohung
occuparsi di qc.	*hier:* etw. betreuen
seguire qc.	etw. verfolgen

Zur Erinnerung: Nach **alcune/alcuni** folgt immer der Plural, nach *qualche* immer der Singular. Die Übersetzung hingegen ist gleich:
alcune irregolarità contabili = einige Unregelmäßigkeiten in der Buchhaltung;
qualche anno = einige Jahre.

Marchesi allora non **si era occupato** del caso direttamente. Però l'**aveva seguito** per interesse personale.

Substantive, die auf einen Vokal mit **Akzent** enden, bleiben im Plural unverändert (*la città* = die Stadt, *le città* = die Städte).

Ora il commissario ripensa a quella denuncia. Vittorio Rocchio, però, **esclude** ogni **collegamento**.
"Fa bene a pensare a tutto," gli dice in ospedale. "Ma io ormai sono un tranquillo pensionato. Chi

escludere	ausschließen
collegamento *m*	Verbindung
agire	*hier:* handeln
calmarsi	sich beruhigen
affare *m*	Geschäft
combattere	bekämpfen
riappacificarsi con qu.	sich mit jmd. versöhnen

voleva farmi del male, poteva **agire** quattro anni fa. Allora ho avuto paura qualche volta. Dopo però la situazione **si è calmata**. La mafia ora controlla altre ditte e continua tranquillamente a fare i suoi **affari**... Non se la prenda(i), commissario, so quanto è difficile **combattere** la mafia. Alcuni colleghi

Die Verben **prendersela** (es übel nehmen), *farcela* (es schaffen) und *cavarsela* (sich durchschlagen, davon kommen) werden in der Umgangssprache häufig gebraucht. Beispiele: *Non se la prenda!* = Nehmen Sie es nicht übel! *Spero di farcela.* = Ich hoffe, ich schaffe es. *Se l'è cavata con poco.* = Er/Sie ist mit einem blauen Auge davon gekommen.

non mi hanno più parlato, con altri invece mi sono **riappacificato**. Due sono venuti da me in campagna anche poco tempo fa... Ma questo l'ho già detto quando ho parlato con la polizia per la morte di mio fratello Felice."
"Già(i), i due colleghi che le hanno fatto visita dopo Pasquetta(i)."

Già heißt *schon*, wird aber im Dialog auch gerne in der Bedeutung von *Ja, sicher* verwendet.

Mit dem Namen **Pasquetta** ist der Ostermontag gemeint. Man verbringt den Tag mit der Familie oder Freunden und unternimmt einen Ausflug. Zum Mittagessen macht man gerne ein gemeinsames Picknick im Freien.

"Sicuramente non mi **hanno avvelenato** loro."
Rocchio fa un **sospiro** e continua: "Il tallio è **micidiale**, ha visto come mi **ha ridotto**? Ho rischiato di fare la stessa fine del povero Felice."

avvelenare	vergiften
sospiro *m*	Seufzer
micidiale	tödlich
ridurre	*hier:* zurichten
bussare	klopfen

Esercizio 5: Vero o falso? Welche Aussagen stimmen? Kreuzen Sie an!

1. Vittorio Rocchio ora è in pensione. ❐
2. La mafia aveva messo le mani sull'azienda dove lavorava. ❐
3. Rocchio l'aveva capito da una telefonata del proprietario. ❐
4. Dopo la denuncia tutti i colleghi gli avevano mostrato la loro solidarietà. ❐
5. Il commissario Marchesi non si era occupato del caso. Aveva solo interesse personale. ❐

In quel momento una signora entra senza **bussare**. Il malato la presenta: "Dora Macovei, un'amica di Cingoli. Per qualsiasi cosa, commissario, parli con lei."
"Ricordo il nome della signora, mi ha parlato di lei quando ci siamo incontrati

Das Adjektiv **qualsiasi** (= jede(r, s) (beliebige), jegliche(r, s), irgendein(e)) begleitet nur Substantive im Singular und bleibt unverändert.
Beispiele: *per qualsiasi cosa* = wegen jeglicher Angelegenheit; *a qualsiasi prezzo* = um jeden Preis; *un giorno qualsiasi* = irgendein Tag.

un mese fa. Se ho capito bene, la signora **fa** praticamente **parte della** famiglia."
Dora sorride **accarezzando** la mano di Rocchio e risponde per lui:
"È così. Al pranzo di Pasqua non c'ero perché ero dai parenti in **Romania**. Ci vado una volta l'anno e resto un mese intero. Sono partita due settimane prima di Pasqua."
Marchesi ripete i fatti: "Allora la domenica di Pasqua nella casa di Cingoli insieme a Lei, signor Rocchio, c'erano soltanto Suo fratello e Sua cognata. I due, che dormivano lì, sono arrivati il Giovedì santo e sono partiti il mercoledì. In quei giorni non avete avuto visite **a parte** quella di Sua sorella con il marito e il figlio a Pasquetta, quella dei due colleghi il giorno dopo e, sempre lo stesso giorno, quella di una vicina. Lei poi ha lasciato Cingoli alla fine della settimana. È giusto?"

fare parte di qc.	Teil von etw. sein
accarezzare	streicheln
Romania *f*	Rumänien
a parte...	abgesehen von...
agitarsi	sich aufregen
rapporto *m*	Beziehung

"Giusto. Da allora non sono più tornato nella casa di campagna, ma evidentemente il veleno non era lì... o non più lì... o non solo lì... Io non so più che cosa pensare!"
"Non ti **agitare**, Vittorio, non ti fa bene," interviene la signora Macovei. "Chieda a me, commissario!"
"Mi dispiace," dice Marchesi. "In questo caso preferisco sentire direttamente il signor Rocchio. Comunque ho quasi finito."
Il commissario poi dice a Rocchio: "Mi ha già detto che è in buoni **rapporti** con i vicini. E con i parenti? Ci sono problemi?"

Esercizio 6: I giorni della settimana. **Ergänzen Sie die richtigen Wochentage!**

1. Pasquetta è il *lunedì* dopo Pasqua.

2. La __________ quasi tutti i negozi sono chiusi.

3. Il fine settimana lungo comincia già il __________.

4. Il __________ è il secondo giorno della settimana.

"Siamo tre fratelli e siamo sempre andati d'accordo(i). Parenti, vicini e colleghi non **c'entrano con** il veleno. L'ho ingerito per caso, commissario, ma Lei deve scoprire come! In questo momento ho **addirittura** paura di tornare a casa."

ϟ **entrarci con qc.**	mit etw. zu tun haben
addirittura	sogar

Der Ausdruck **andare d'accordo** heißt: sich (gut) vertragen (z.B: *Non vado d'accordo con i vicini.* = Ich komme mit den Nachbarn nicht klar).
Die Wendung *andare d'amore e d'accordo* bedeutet so viel wie „ein Herz und eine Seele sein".

3 Dopo l'estate

"La visita in ospedale non è servita a molto," dice Corrado Marchesi ai colleghi del commissariato. "Il prossimo **passo** sono i controlli nell'abitazione di Macerata del signor Vittorio, gli stessi che abbiamo fatto a suo tempo a Cingoli. I media stanno gonfiando(i) il caso: la gente ha paura di bere l'**acqua del rubinetto** e di **fare la spesa** in zona. Dobbiamo assolutamente scoprire dove **si nasconde** quel veleno."

passo *m*	Schritt
acqua *f* **del rubinetto**	Leitungswasser
fare la spesa	einkaufen
nascondere	verstecken
scoraggiato	entmutigt
attesa *f*	Erwartung
patrimoniale	Vermögens...

(i) Die Konstruktion **stare + gerundio** drückt eine Handlung aus, die sich gerade vollzieht: *I media stanno gonfiando il caso.* = Die Medien bauschen gerade den Fall auf.

"Ma se il tallio non si trova?" domanda l'ispettore Tesei **scoraggiato**.
"Le analisi vanno fatte(i) comunque. In **attesa** dei risultati, guardiamo la situazione **patrimoniale** dei Rocchio e ci informiamo sulla signora Macovei,"

(i) Nicht zusammengesetzte Zeiten von *andare* gefolgt von einem *participio passato* drücken eine Notwendigkeit aus. Beispiele: **Le analisi vanno fatte.** = Die Analysen müssen gemacht werden; *Le regole vanno rispettate.* = (Die) Regeln müssen respektiert werden.
Diese Konstruktion wird häufig bei unpersönlichen Formulierungen verwendet (*Va detto che...* = Man muss sagen, dass...).

dice Marchesi. “Forse un mese fa doveva morire proprio il signor Vittorio e ora qualcuno ci ha provato di nuovo. Se è così, un terzo **tentativo** è possibile. Tesei, può prendere le informazioni a Cingoli e a Macerata?”

tentativo *m*	Versuch
legge *f*	Gesetz
debito *m*	Schuld
invidia *f*	Neid

Esercizio 7: Numeri ordinali. Schreiben Sie die Ordnungszahlen auf!

1. 3° *terzo*
2. 4° ______
3. 10° ______
4. 20° ______
5. 21° ______

A quanto pare(i), tutte e tre le vittime dell’intossicazione da tallio sono – o erano – brave persone, rispettose della **legge**. L’ispettore Tesei non ha trovato né **debiti**, né affari poco chiari. E nemmeno minacce recenti di tipo mafioso.

“Vittorio è il più anziano dei tre fratelli Rocchio e ha anche dei soldi, ma non è ricco. In famiglia comunque non ci sono **invidie**,” dice Tesei al commissario Marchesi. “I problemi sono arrivati con la signora Macovei. Dora Macovei lavora a Cingoli da

> **i** Die Verben *parere* und *sembrare* sind Synonyme. Die Übersetzung lautet: *scheinen, aussehen, wirken.* Der feste Ausdruck **a quanto pare/sembra** entspricht dem deutschen *so wie es aussieht.*

due anni ed è diventata più di un'amica per Vittorio Rocchio."

"L'ho pensato anch'io quando li ho visti insieme in ospedale. Lei mi sembra una donna **risoluta**."

"In ogni caso **ha fatto girare la testa** al signor Vittorio. Lui non **si è** mai **sposato**, ma con Dora ha cominciato a parlare di **matrimonio**. A quasi settant'anni. I fratelli[i] Felice e Clara si sono messi in allarme, hanno cercato in tutti i modi di **fargli cambiare idea**. La loro versione? La signora Macovei vuole soltanto **sistemarsi**. Però c'è anche un'altra versione."

risoluto	entschlossen
far girare la testa a qu.	jmd. den Kopf verdrehen
sposarsi	heiraten
matrimonio *m*	Ehe, Heirat; Hochzeit
fare cambiare idea a qu.	jmd. umstimmen
sistemarsi	*hier:* sich absichern
probabilmente	wahrscheinlich
preoccupazione *f*	Sorge
patrimonio *m*	Vermögen
diretto interessato *m*	Betroffener
rinviare	verschieben

Marchesi sorride: "Di qualche amica della Macovei, **probabilmente**."

"Già. Secondo questa versione, la vera **preoccupazione** dei due Rocchio più giovani è il **patrimonio**, non la felicità del fratello. Le ricordo, commissario, che Clara Rocchio ha un figlio."

"E il **diretto interessato** da che parte sta?"

"Adesso non so, ma prima dell'intossicazione il signor Vittorio era incerto. Il matrimonio **era stato rinviato**. Questo però può spiegare due omicidi e un tentativo di avvelenamento? Per me no."

"Nemmeno per me. Altri

> [i] Zur Erinnerung: **I fratelli** sind nicht nur *die Brüder*, sondern auch *die Geschwister*.

moventi non ci sono. Nella casa di Macerata del signor Rocchio non abbiamo trovato tracce di veleno. Siamo arrivati alla fine delle indagini."

movente *m*	Beweggrund
indagine *f*	Ermittlung
sospirare	seufzen
dubbio *m*	Zweifel
verificarsi	geschehen

Tesei non sembra convinto: "Un altro incidente, allora?"
Marchesi sospira: "Per il momento sì, abbiamo fatto il possibile. Il dubbio naturalmente rimane."

Esercizio 8: Possessivi. Ergänzen Sie die korrekten Possessivadjektive mit oder ohne Artikel!

1. Il signor Rocchio vuole sposare *la sua* amica.
2. ________ fratelli non nascondono ________ antipatia per Dora.
3. Vittorio ha rinviato ________ matrimonio.
4. Ora ________ fratello Felice è morto.

Con il tempo Vittorio Rocchio dimentica le sue paure e torna alla vita di tutti i giorni. Anche il commissario Marchesi è contento di non sentir più parlare di tallio.

All'inizio di ottobre, però, si verifica un altro avvelenamento. La vittima è Barbara Musini, di Forlì. La regione è un'altra, ma il collegamento con i casi marchigiani è evidente: la signora Musini

Die Provinzhauptstadt **Forlì** liegt in der Region Emilia-Romagna, ca. 30 km von der Adria-Küste entfernt. Sie wurde von den Römern gegründet und hieß damals *Forum Livii.*

è la sorella di Lanfranco, il marito di Clara Rocchio.
"A questo punto non ha più senso parlare di tragico incidente," dice Marchesi al collega di Forlì che lo ha chiamato per coordinare le indagini.

tisana *f*	Kräutertee
foglia *f*	Blatt
quantità *f*	Menge
per fortuna	zum Glück

"Sì, e questa volta ci sono anche le prove. La signora Musini ha in cucina una **tisana** che beve tutte le sere. Nelle **foglie** della tisana abbiamo trovato tracce di tallio, qualcuno le ha avvelenate."

Esercizio 9: Parole mancanti. Lesen Sie weiter und ergänzen Sie die passenden Substantive im Singular oder im Plural!

vittima | cucina | veleno | ~~strada~~ | persona

"Siamo sulla buona **1.** *strada*, allora! Conosciamo la **quantità** di **2.** ____ che la **3.** ____ ha ingerito e anche i tempi di azione del tallio. Quindi possiamo dire quando ha avuto inizio l'intossicazione. La signora Musini **per fortuna** è ancora in vita. Ha già fatto una lista delle **4.** ____ che sono state recentemente nella sua **5.** ____?"

Il collega di Marchesi sospira: "La cosa è un po' complicata. La Musini ha detto che non le piace bere la tisana quando fa caldo. D'estate quindi ha fatto una pausa, ha ricominciato a berla regolarmente soltanto da poco. La signora è una donna single di mezza età, estroversa e molto attiva. Ha tanti amici, che invita spesso. È in ottimi rapporti con i vicini e anche con i parenti marchigiani. È difficile **ricostruire** chi esattamente è entrato in cucina e quando."

ricostruire	*hier:* zurückverfolgen
alla mano	umgänglich
coro *m*	Chor
per come stanno le cose	wie die Dinge liegen
vendita *f*	Verkauf, Vertrieb

"Insomma, l'intossicazione è avvenuta adesso, ma forse la tisana è stata avvelenata molto tempo fa?"
"Esatto: in qualsiasi momento da giugno in poi."
"E la signora non ha nessun sospetto?" chiede Marchesi.
"No. È la classica amica di tutti: è simpatica, **alla mano**, lavora da anni nello stesso studio dentistico, canta in un **coro**, ha un abbonamento al teatro... Chi può volere la morte di una così? Manca un motivo."

Anders als das deutsche Äquivalent bezeichnet das italienische Substantiv **studio** auch die Räumlichkeiten einer Praxis oder einer Kanzlei (z.B.: *studio dentistico* = Zahnarztpraxis, *studio notarile* = Notarkanzlei). Eine Einzimmerwohnung ist kein *studio*, sondern *un monolocale*.

"**Per come stanno le cose**, la signora doveva morire solo perché si chiama Musini. Qualcuno, lì a Forlì o nelle Marche, ce l'ha con la sua famiglia."
"Ecco, appunto, Marchesi: a Forlì c'è una ditta chimica che vende i sali di tallio. Noi abbiamo controllato le **vendite** e i contatti degli ultimi mesi senza trovare niente di particolare. Le mando i dati insieme agli altri documenti, forse Lei vede un nome conosciuto. A questo punto io sono preoccupato per la sicurezza di Clara Rocchio e del marito Lanfranco Musini."

Der umgangssprachliche Ausdruck **avercela con qualcuno** bedeutet *auf jemanden böse/sauer sein* bzw., wie hier, *es auf jemanden abgesehen haben.*

4 La fine dell'incubo

"Prima Felice e la moglie, poi Vittorio, adesso Barbara. Quando tocca a noi? Noi ce lo chiediamo tutti i giorni, vero Lanfranco? E mi creda commissario, non è una bella situazione."

La signora Rocchio è nervosa. Il marito continua: "Non sappiamo chi, non sappiamo perché, ma qualcuno sta **distruggendo** la nostra famiglia. E la polizia che cosa fa? Niente o comunque troppo poco!"

incubo *m*	Albtraum
distruggere	zerstören
tribunale *m*	Gericht
teso	angespannt
poltrona *f*	Sessel
pallido	blass
rassicurare	beruhigen

toccare qualcosa (Hilfsverb *avere*) heißt: anfassen, berühren. Beispiel: *Lui mi tocca la mano.* = Er berührt meine Hand. *toccare a qualcuno* (Hilfsverb *essere*) bedeutet: zustehen, dran sein, obliegen, zustoßen. Beispiel: **Quando tocca a noi?** = Wann sind wir dran?

Corrado Marchesi siede nel soggiorno della famiglia Musini e gli sembra di essere in **tribunale**. Di fronte a lui, sul divano, ci sono Lanfranco Musini e Clara Rocchio, rossi in viso, **tesi**, aggressivi. Sulla **poltrona** a fianco, **pallido**, rigido e in silenzio, c'è Antonio, il loro figlio. Vogliono informazioni sulle indagini, ma soprattutto vogliono essere **rassicurati**.

Die Präposition *a* darf nicht weggelassen werden bei: **di fronte a** = gegenüber; *di lato a/di fianco a/accanto a* = neben; *intorno a* = um... (herum); *vicino a* = in der Nähe; *davanti a* = vor.

Esercizio 10: Verbi irregolari. Übersetzen Sie die Verbformen und finden Sie das Lösungswort!

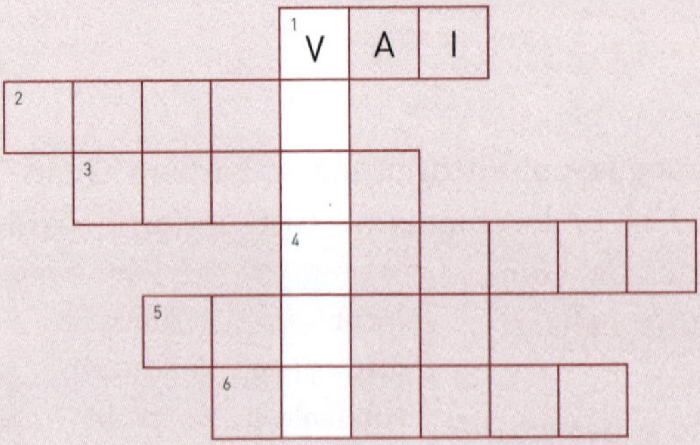

1. (du) gehst
2. (ihr) seid
3. (er/sie) will
4. (sie) gehen aus
5. (sie) wissen
6. (ihr) könnt

Lösung: _V_ _ _ _ _ _

indagare	ermitteln
colpevole *m/f*	Schuldige(r)
ricordo *m*	Erinnerung
impressione *f*	Eindruck

"La polizia **ha indagato** fin dall'inizio in tutte le direzioni e continua a farlo," risponde Marchesi. "Non abbiamo ancora il nome del **colpevole**, però sappiamo con certezza che c'è un colpevole, che le intossicazioni non sono un incidente. A questo punto ci serve il vostro aiuto. Qualsiasi **ricordo**, qualsiasi **impressione**, qualsiasi sospetto può essere importante."

"Ah, *noi* dobbiamo aiutare *voi*!" **replica** Clara. "Lanfranco è un **ferroviere** in pensione. Io faccio la **commessa**. Antonio è perito informatico. Il commissario è Lei!"

replicare	erwidern
ferroviere *m*	Eisenbahner
commessa *f*	Verkäuferin
necessario	notwendig
irraggiungibile	unerreichbar
disoccupato	arbeitslos
cimitero *m*	Friedhof

Marchesi vuole rispondere ma proprio in quel momento Antonio si alza.

"Torno in camera mia," dice a bassa voce. "La mia presenza non è **necessaria**, credo."

Poi, senza guardare nessuno, il ragazzo lascia la stanza chiudendo piano la porta. Il commissario, perplesso, lo segue con gli occhi. Antonio gli sembra chiuso in se stesso, **irraggiungibile**, quasi uno zombie.

Il signor Musini si scusa per il figlio: "È un momento difficile per tutti, ma per Antonio in particolare. È un ragazzo intelligente, bravissimo con il computer, ma è **disoccupato** da più di un anno. Adesso poi c'è questa minaccia del veleno: uno dopo l'altro, i nostri parenti finiscono in ospedale o al **cimitero**. Forse le prossime vittime siamo proprio noi. Mio figlio è

> **perito informatico** wird man mit dem Abschluss (*diploma*) eines *Istituto tecnico con indirizzo Informatica e Telecomunicazioni*. Die Qualifikation entspricht in etwa der eines deutschen Assistenten für Informations- und Telekommunikationstechnik und ermöglicht ein Universitätsstudium.

> Als intransitives Verb heißt **finire**: *enden, ausgehen, ablaufen* (*Lo zucchero è finito.* = Der Zucker ist ausgegangen. *Le vacanze sono finite.* = Der Urlaub ist zu Ende.). Umgangssprachlich kann es aber auch bedeuten: *geraten, hineinschlittern, landen* (*È finito in ospedale.* = Er ist im Krankenhaus gelandet.).

conforto *m*	Trost
rinnovare	erneuern
mondo *m*	Welt
calmo	ruhig
arrestare	verhaften
assumere	einstellen
candidato/a *m/f*	Bewerber(in)
nonostante	trotz
emozionante	aufregend

molto sensibile, cerca **conforto** in certe teorie spirituali... non ho capito bene quali, perché lui parla poco. Vuole **rinnovare** il **mondo**: lui, che non esce mai dalla sua stanza!"
Clara Rocchio ora è più **calma**. "C'è una minaccia contro la nostra famiglia," dice al marito. "E ognuno reagisce in modo diverso."
Quello però continua: "Capisco, ma Antonio è così passivo, così lontano. Non ha ancora trent'anni, non può passare le giornate al computer a informarsi su strane teorie di... di rinnovamento universale! Deve uscire, vedere gente della sua età."
"La polizia deve **arrestare** chi vuole avvelenarci," risponde Clara. "A quel punto nostro figlio non avrà più paura e avrà anche una vita sociale diversa. Per il resto: il lavoro adesso si cerca al computer. Antonio in realtà esce, fa dei colloqui[i]."
È chiaro che la donna vuole fare coraggio al marito, ma anche a se stessa.

> Ein **colloquio** ist ein Gespräch im Allgemeinen, aber auch ein Vorstellungsgespräch (*colloquio di lavoro*) oder der mündliche Teil einer Prüfung.

"Ma quali colloqui!" replica il signor Lanfranco alla moglie. "L'ultimo è stato tre mesi fa a Forlì e Antonio non **è stato assunto**."
"Sì, ma ha fatto una buona impressione. Dopo il colloquio è stato da tua sorella Barbara, lei ha raccontato che era ottimista, quasi allegro. Sai quanti **candidati** ci sono per

ogni posto? Nostro figlio a Forlì è arrivato tra i primi tre. E questo **nonostante** lo shock degli avvelenamenti in famiglia! Ti pare poco?"

Lanfranco non risponde. Il commissario Marchesi, invece, ci ripensa e riprende in mano la conversazione...

> Nach einer Entschuldigung, einer sondierenden Frage oder einem Dankeswort steht die Antwort **Figurati!** (bzw. *Si figuri!*, wenn man sich siezt) für: Kein Problem!, Gern geschehen! Beispiel:
> *Ma figurati, venite quando volete!* =
> Mach dir keine Gedanken, kommt, wann ihr wollt!

A Cingoli è arrivato l'autunno, la sera ormai fa freddo. Le giornate sono grige e piovose.

Davanti al camino Noemi ed Emanuele Foschi fanno piani per un breve viaggio a Milano: un po' di shopping prima di Natale. C'è solo da fissare la data.

La telefonata dell'amica Ivana arriva al momento giusto.

"Pronto? Chi parla?" dice Noemi.

"Ciao, sono Ivana."

"Ivana! Come stai?"

"Bene, grazie. Se per te e Filippo va bene, pensiamo di venire da voi nelle prossime due o tre settimane," le dice Noemi. "Dimmi tu quando è meglio per voi."

> Im umgangssprachlichen Ausdruck **È un po' che...** wird das Wort *tempo* einfach weggelassen:
> *È un po' (di tempo) che non ci vediamo.* =
> Wir haben uns lange nicht gesehen.

"Ma figurati (i), venite quando volete! Ma come state? È un po' che (i) non ci sentiamo."

"Noi stiamo bene, grazie. Facciamo la solita vita, niente di **emozionante**."

Esercizio 11: Frasi in disordine. **Lesen Sie weiter und bringen Sie die Sätze in Ivanas Antwort in die richtige Reihenfolge!**

a) "Mi sento **coinvolta**.

b) Questo lo dici tu!

c) Io ho seguito tutta la vicenda.

d) E gli avvelenamenti da tallio?

e) Dopotutto l'ho vissuta in prima persona.

f) Sono cominciati proprio a Cingoli."

1	2	3	4	5	6
b					

In prima persona? Noemi è perplessa, ma non dice niente. Sa che i **fatti di cronaca** interessano moltissimo Ivana, ma non il marito Filippo. L'amica ora può finalmente commentarli con qualcuno e, nel suo entusiasmo, **esagera** con le parole.

Ivana intanto continua: "Eravamo da voi quando il vostro conoscente è finito all'ospedale. Siamo stati tra i primi ad avere la notizia dell'intossicazione! Chi poteva immaginare allora che il colpevole era il nipote delle vittime? A Cingoli Antonio Musini ha messo il tallio nell'acqua da bere, a Forlì lo ha messo

coinvolto	involviert
fatto *m* **di cronaca**	Tagesereignis
esagerare	übertreiben

nella tisana della zia... E nessuno **si è accorto di** niente, nemmeno i genitori!"

accorgersi di qc.	etw. (be)merken
assassino *m*	Mörder
malato	krank
sequestrare	sicherstellen
risolvere	lösen
adatto	geeignet
ordinare	*hier:* bestellen
scusa *f*	Ausrede
capanno *m*	Hütte
cancellare	*hier:* löschen
fattura *f*	Rechnung

"Mettiti al loro posto," risponde Noemi. "Come potevano pensare che il figlio è un **assassino**? Vivevano insieme, lo vedevano ogni giorno..."

"Proprio per questo! Secondo i giornali Antonio Musini non usciva quasi mai, parlava pochissimo, aveva strane idee religiose: era evidente che era **malato**. Per fortuna il commissario ha avuto il sospetto. Quando l'ha conosciuto di persona e ha saputo che era stato a luglio dalla zia di Forlì, ha deciso di verificare. Ha fatto **sequestrare** il suo computer e il caso **è stato risolto**... tardi, ma è stato risolto."

"Tardi... Non è semplice trovare il colpevole quando non c'è un vero motivo, voglio dire: un movente razionale. Antonio Musini è molto intelligente. Ha cercato online il veleno più **adatto**, l'**ha ordinato** a Forlì sotto falso nome, è andato a prenderlo di persona con la **scusa** di un colloquio di lavoro, l'ha nascosto in un **capanno** in montagna. Ha commesso (i) un solo errore: ha dimenticato di **cancellare** dal computer una **fattura** che la ditta chimica di Forlì gli ha spedito in ritardo. La polizia è

(i) Erweitern Sie Ihren **Wortschatz:** *fare un errore = commettere un errore; fare una foto = scattare una foto; fare un discorso* (Rede) *= tenere un discorso; fare un esame* (Prüfung) *= sostenere un esame; fare attenzione = prestare attenzione.*

partita da lì. Il **sequestro** del computer è stato veramente decisivo."

"Non capisco una cosa, però," dice Ivana. "Musini dopo l'**arresto ha confessato** subito. Ha raccontato che sente delle voci, che ha la missione di **purificare** il mondo eliminando le persone. **Insomma**: prima ha fatto un piano perfetto e dopo non ha nemmeno cercato di **sviare** le indagini. Lui, così intelligente! Non ti sembra strano, Noemi?"

sequestro *m*	Sicherstellung
arresto *m*	Verhaftung
confessare	gestehen
purificare	läutern
insomma	*hier:* kurzum
sviare	irreführen
fare pena	leidtun
soffrire di qc.	an etw. leiden
sdoppiamento *m* **della personalità**	Persönlichkeitsspaltung
raccogliere	aufsammeln
malattia *f*	Krankheit
ritirato	zurückgezogen

"Antonio Musini mi **fa pena**," risponde seria la signora Foschi. "**Soffre di** un grave **sdoppiamento** della personalità e ora è in un ospedale psichiatrico. Chi cerca su Internet trova tutto e il contrario di tutto. Musini era sempre al computer, **ha raccolto** molto materiale su diverse teorie spirituali e di occultismo. Nella sua **malattia** si è convinto di avere una missione. Ha avvelenato gli zii perché criticavano il suo stile di vita troppo **ritirato**. Lui voleva un mondo puro. Ai suoi occhi gli

Die **Sala Verdi** ist der Konzertsaal des *Conservatorio Giuseppe Verdi* in Mailand, der größten Musikhochschule Italiens, in der viele berühmte Musiker studiert haben: vom Komponisten Puccini bis hin zum Pianisten Arturo Benedetti Michelangeli und den Dirigenten Abbado und Muti. Dem jungen Verdi wurde die Aufnahme an die Musikschule 1832 übrigens verweigert, unter anderem weil er das Höchstalter dafür überschritten hatte. Das Konservatorium wurde erst kurz nach seinem Tod nach ihm benannt.

zii andavano eliminati. E con loro anche altri, forse anche i genitori... Chi può dire veramente che cosa c'è nella **mente** di quel povero ragazzo? Si sono scritte tante cose su di lui, troppe. Ora però è finita, non ne parliamo più. Pensiamo a Milano, invece. Ho voglia di un bel concerto di musica classica. Ce la fai a trovare dei biglietti per la Sala Verdi[i]? Possiamo andarci in quattro, come ai vecchi tempi."

mente *f*	*hier:* Kopf; Geist

Bologna: tortellini di sangue

Roberta Rossi

1 Bologna, la città della dolce vita

Bologna è la città della dolce vita, della cultura, della buona gastronomia. La città è chiamata la **Dotta**, la Grassa, la Rossa.

sangue *m*	Blut
dotta *f*	Gelehrte
conosciuto	bekannt
mattone *m*	Backstein, Ziegel
torre *f*	Turm
palazzo *m*	Gebäude
abitante *m/f*	Einwohner
cresciuto	aufgewachsen
capello *m*	Haar
ingrassare	zunehmen

Si chiama la Dotta per il suo passato culturale, intellettuale e storico. Ha una delle università più antiche al mondo.

Bologna è la Grassa per la buona cucina. Alcuni suoi piatti e prodotti tipici sono **conosciuti** in tutto il mondo: i tortellini, il ragù alla bolognese, la mortadella, le tagliatelle e le lasagne.

Bologna è la Rossa per i colori dei **mattoni** delle **torri** e dei **palazzi**, ma anche perché la maggior parte dei suoi **abitanti** sono comunisti o socialisti.

Bologna è la città più bella del mondo secondo il commissario Andrea[i] Magro. Nato e **cresciuto** a Bologna, il commissario Magro è un uomo di cinquant'anni. Ha i **capelli** neri e gli occhi azzurri.

> **Andrea** ist in Italien ein ausschließlich männlicher Name; ebenso Nicola, Gabriele und Simone.

Il commissario Andrea Magro è un bell'uomo, ma negli ultimi anni **è ingrassato**. I suoi colleghi al commissariato di polizia di Bologna lo **prendono** scherzosamente **in giro**, perché si chiama "Magro" che è il **contrario** di grasso.

"Commissario, ha veramente una bella **pancetta**," gli dice un poliziotto con molti muscoli.

"Andrea, perché non fai una dieta?" gli chiede la sua segretaria Anna, mentre lui mangia per pranzo un panino con tanta mortadella.

Anche Anna ha cinquant'anni. Lavora per il commissario Magro da più di vent'anni. Si conoscono da sempre. Hanno fatto la stessa scuola a Bologna. Anna è la sorella maggiore di Marilena, la donna che **ha sposato** il commissario.

prendere in giro	auf den Arm nehmen
contrario *m*	Gegenteil
pancetta *f*	*hier:* Bäuchlein
sposare	heiraten

Esercizio 1: Presente. Schreiben Sie die Verbformen im Präsens in die Lücken!

1. Il commissario Magro abitare ________________ a Bologna.

2. Bologna avere ________________ una buonissima gastronomia.

3. Bologna essere ________________ la città della dolce vita.

4. Anna e il commissario conoscersi ________________ da sempre.

offendersi	beleidigt, gekränkt sein
timido	schüchtern
innamorato	verliebt
nascondere	verstecken
invece	hingegen
paura *f*	Angst
giocare	spielen
rincorrersi	sich fangen
portico *m*	Bogengang
bacio *m*	Kuss
far finta di	so tun als ob
inseparabile	unzertrennlich
aiutare	helfen
risolvere	lösen
caso *m*	Fall
purtroppo	leider
morire	sterben

Il commissario Magro è un uomo che ama la vita e ama scherzare. Non **si offende** mai quando lo prendono un po' in giro perché è ingrassato. È un tipo allegro anche quando le cose nella vita non vanno sempre bene. Solo quando pensa a Marilena è triste.
Marilena è una donna bellissima: ha lunghi capelli biondi e grandi occhi azzurri. Lui e Marilena si sono conosciuti da bambini. Marilena ha cinque anni meno di lui e Anna. Anna è più **timida** e introversa. Anche lei è stata **innamorata** di Andrea, ma lo **ha nascosto**. Marilena, **invece**, è molto allegra, non ha **paura** di nascondere i suoi sentimenti. Da bambini, Marilena e il commissario Magro **hanno giocato** spesso insieme, **si sono rincorsi** sotto i **portici** di Bologna. E, un giorno, Anna li ha visti darsi un **bacio**. A sei anni Marilena e il commissario Magro **hanno fatto finta di** sposarsi. Poi lo hanno fatto davvero a vent'anni. Da allora sono stati **inseparabili**.
Marilena è diventata un'antropologa. Ha sempre amato studiare tanto e ha avuto sempre un grande interesse per le persone. Spesso **ha aiutato** Andrea a **risolvere** certi **casi**.
Ma **purtroppo** Marilena non c'è più. **È morta**.

Quando è stata trovata **uccisa** nell'appartamento, tutti hanno pensato a un **omicidio** per **vendetta**: lei e il commissario Magro hanno mandato in **prigione** molti criminali. Purtroppo l'omicidio di Marilena **è rimasto irrisolto**.

Mangiare è sempre stata una grande passione per lui. Con la morte di sua moglie, Andrea **ha cominciato** a mangiare ancora di più. Per questo è ingrassato. E la cucina di Bologna è **davvero irresistibile**!

ucciso	getötet
omicidio *m*	Mord
vendetta *f*	Rache
prigione *f*	Gefängnis
rimanere	bleiben
irrisolto	ungelöst
cominciare	beginnen
davvero	wirklich
irresistibile	unwiderstehlich
pensiero *m*	Gedanke
risvegliare	wieder beleben
ricordo *m*	Erinnerung
decidere	entscheiden, beschließen
condividere	teilen

Oggi Andrea, a due anni dalla morte di Marilena, si sente bene e positivo. Ogni tanto però ha dei **pensieri** tristi. Basta un profumo a **risvegliare** un **ricordo**... Così **ha deciso** di non continuare a vivere nella stessa casa che **ha condiviso** con Marilena, ma di andare a vivere insieme a suo padre (i).

Bei **Verwandtschaftsbezeichnungen** im Singular steht kein bestimmter Artikel vor dem **Possessivadjektiv** (*mio, tuo* usw.): *mio padre* (mein Vater), *suo marito* (ihr/sein Ehemann) usw. Das gilt aber nicht für das Possessivadjektiv *loro*: *il loro zio* (ihr Onkel).

La madre del commissario Magro è morta qualche (i) anno fa. Lui e suo padre quindi si fanno compagnia.

Nach **qualche** folgt immer der Singular: **qualche minuto** (einige Minuten), nach **alcune/i** hingegen steht immer der Plural: **alcuni studenti, alcune ragazze** (einige Studenten, einige Mädchen).

Esercizio 2: Plurale. **Setzen Sie die Substantive in den Plural – mit Artikel!**

1. l'anno ______________________
2. il panino ______________________
3. lo scherzo ______________________
4. la donna ______________________
5. il collega ______________________

"Perché non tornare a vivere con papà?" ha pensato il commissario e così ha fatto!

Suo padre è un bravo **cuoco**. La sera cenano insieme e parlano fino a tarda notte. Bevono un bicchiere di vino rosso, o forse due o tre... Si sa che un bicchiere tira l'altro(i).

cuoco *m*	Koch
improvvisamente	plötzlich
gamba *f*	Bein
ricordarsi	sich erinnern

Il commissario Magro pensa proprio alla cena mentre fa jogging per la città di Bologna. Si trova nel centro di Piazza Maggiore. **Improvvisamente** si ferma. Le **gambe** fanno male. La testa gli gira. Ha una fame terribile!

"Ma perché mai ho deciso di cominciare a fare jogging?!" si domanda. "Ah sì... Anna!" **si ricorda**. È stata lei ad avere

(i) Die **Redewendung** mit „... *tirare l'altro*" kann man verschiedentlich anwenden und drückt einen wiederkehrenden Vorgang aus. Z. B.: *una parola tira l'altra* (ein Wort gibt das andere), *un male tira l'altro* (ein Unglück kommt nie allein), *un bicchiere tira l'altro* (ein Glas folgt dem anderen).

quest'idea. È sicura che aiuta a **dimagrire**. E lui, alla fine, fa sempre quello che lei **consiglia**. **Si fida** di lei.

"Cosa avrà cucinato papà?" si domanda il commissario Magro. "Ieri voleva preparare il **gran bollito alla bolognese** e poi, come primo piatto, i tortellini in brodo..." ricorda. Nello stesso momento gli **viene l'acquolina in bocca** al pensiero di tutte quelle buone cose da mangiare. Non è per nulla in forma... Ha una **pancia tonda** proprio come i tortellini che mangia tanto volentieri!

"Mah," si dice. "Forse è l'età... In questo periodo non **riesco a fare** una dieta. La cucina di Bologna è troppo buona!"

E ricorda che cosa gli dice sempre Anna:

"Se corri ogni sera, ma poi vai a casa a mangiare tantissimo con tuo padre, a cosa **serve** il jogging, Andrea?"

"Mio padre cucina così bene, Anna, è impossibile **resistere**!" risponde sempre lui.

Avrà (er/sie/es wird haben) ist die unregelmäßige **Futurform** von *avere: (io) avrò, (tu) avrai, (lui/lei) avrà, (noi) avremo, (voi) avrete, (loro) avranno.* Oftmals wird das Futur gewählt, um eine Unsicherheit oder Ungewissheit auszudrücken, wie in diesem Fall.

Die **Tortellini** in Fleischbrühe (*in brodo*) isst man gerne am Sonntag oder auch an Weihnachten und anderen Festtagen. Früher wurden Tortellini nur in Brühe serviert, erst später gab es Varianten mit Sahne- oder auch Fleischsoße.

dimagrire	abnehmen
consigliare	empfehlen, raten
fidarsi	vertrauen
gran bollito *m* **alla bolognese**	gekochtes Fleisch nach Bologneser Art
venire l'acquolina in bocca	das Wasser im Munde zusammenlaufen
pancia *f*	Bauch
tondo	rund
riuscire a fare qc.	etw. tun können
servire	*hier:* nützen
resistere	widerstehen

"È vero: solo le persone tristi fanno le diete! Non la maggior parte dei bolognesi!" dice Anna.

Anche il commissario Magro adesso **sorride**. Anna è proprio una persona con tanta **gioia**.

Riprende a correre, quando sente qualcuno **urlare**.

"Ahhhhhhhh!"

"Ahhhhhhhhh! Ahhhhhh!" sente urlare ancora.

Corre verso quell'**urlo**, lungo una via da dove si vedono le due altissime torri simbolo della città (i).

sorridere	lächeln
gioia *f*	Freude
urlare	schreien
urlo *m*	Schrei
imprenditore *m*	Unternehmer
re *m*	König
produrre	herstellen
velocemente	schnell
scala *f*	Treppe
acceso	eingeschaltet
voce *f*	Stimme

L'urlo viene da un palazzo molto bello ed elegante. È la casa di un **imprenditore** chiamato il "**re** del tortellino" perché la sua famiglia **produce** tortellini da generazioni.

(i) Die zwei Türme **Torre degli Asinelli** und **Torre della Garisenda** gehören zum Wahrzeichen Bolognas.

Il commissario Magro arriva alla porta di entrata della casa. È aperta. Entra e sale **velocemente** le **scale**. Le luci in un appartamento sono **accese**, sente delle **voci** e vede una scena terribile!

2 Il re del tortellino

Sul divano del soggiorno il commissario Magro vede il signor Emilio Branchetti, il "re del tortellino". È morto. Ha tre **pugnalate** sul corpo, una al **petto**, le altre alla pancia.
Per un attimo il commissario Magro si ricorda l'immagine di Marilena, morta anche lei sul divano con una pugnalata nel **cuore**.
Il coltello è nelle **mani** di Adriana, la moglie del signor Emilio. Adriana è una donna di quarantacinque anni, di quindici anni più giovane del marito. Il commissario Magro la conosce bene da molti anni. **Di solito** è una donna molto razionale e **tranquilla**, molto intelligente.
"Lo hai ucciso!" urla un'altra donna. Ha lunghi capelli rossi e occhi verdi, la sua **pelle** è bianchissima. **Indossa** solo una sottoveste bianca e continua a **piangere**.
Il commissario Magro conosce quella donna. È una ragazza di vent'anni che lavora nel bar **vicino al** commissariato. Lui e i suoi colleghi vanno spesso a prendere un caffè in quel bar. **Sembra** una ragazza molto seria. Cosa ci fa lì? Aveva una relazione con il signor Emilio? Con un uomo tanto più vecchio di lei?

pugnalata *f*	Dolchstoß, Messerstoß
petto *m*	Brust
cuore *m*	Herz
mano *f*	Hand
di solito	normalerweise
tranquillo	ruhig
pelle *f*	Haut
indossare	anhaben, tragen
piangere	weinen
vicino a	in der Nähe von
sembrare	scheinen

Esercizio 3: Domande sul testo. **Beantworten Sie die Fragen zum Text in ganzen Sätzen!**

1. Che lavoro fa Andrea Magro?

____

2. Come si chiama la segretaria del commissario Magro?

____

3. Come si chiama la piazza principale di Bologna?

____

4. Cosa produce il signor Emilio Branchetti?

____

5. Di che colore sono gli occhi della donna con la sottoveste bianca?

____

Il commissario Magro pensa che a volte si crede di conoscere una persona bene e poi, invece, **ci si rende conto** di non conoscerla **per niente**.

rendersi conto	sich bewusst werden
per niente	überhaupt nicht
calmarsi	sich beruhigen

Ricorda il nome della ragazza: si chiama Elisa. Decide di chiamarla per nome per vedere se **si calma**.
"Elisa, calmati!" dice il commissario Magro.

Adriana, la moglie, è sotto shock, sembra come **paralizzata**. Ma poi **si lancia** contro la giovane ragazza per **colpirla**.
"**Svergognata**!" grida.
Il commissario Magro blocca le sue mani e il coltello cade per terra. Elisa prende il coltello e **scappa**. Scende le scale di corsa... e **scompare**.
"La fermi!" urla Adriana agitata.
"È senza scarpe... Non andrà molto lontano," dice il commissario Magro.
Non si fida a lasciare Adriana da sola.
"Non sono io l'**assassina**. È quella ragazza! È stata lei ad organizzare tutto!" dice Adriana.

paralizzato	gelähmt
lanciarsi	sich werfen
colpire	treffen
⚡ **svergognata** *f*	schamlose Frau
scappare	fliehen
scomparire	verschwinden
assassina *f*	Mörderin
innocente	unschuldig
nemmeno	nicht einmal
svenire	ohnmächtig werden
braccio *m*	Arm
spiegare	erklären
distendere	hinlegen

Il commissario Magro non sa se Elisa è **innocente**. In questo momento però, pensa che **nemmeno** Adriana è innocente. Non può lasciarla lì da sola.
Adriana lo guarda, cerca di dire qualcosa, ma poi **sviene**.

> ℹ In Italien meldet man sich am Telefon noch bevor man seinen Namen nennt mit dem Wort **pronto**!

Con un **braccio** il commissario Magro prende Adriana, con la mano dell'altro braccio cerca di prendere il telefono per chiamare aiuto.
"Pronto ℹ? Sono il commissario Magro! Venite subito al palazzo del signor Emilio Branchetti! C'è stato un omicidio!" **spiega**.
Distende Adriana ancora svenuta su un tappeto.

In quel momento vede una **cameriera** filippina[i]. È nascosta dietro una lunga **tenda** verde.

In Italien sind **philippinische Arbeiter** besonders beliebt als Hauswirtschafter, Gärtner und Altenpfleger. Sie sind eine der größten Migrationsgemeinden in Italien.

"Non ho visto niente! Niente!" dice lei. "Stavo qui dietro la tenda... Non ho guardato... Avevo troppa paura... Non so niente, non so niente..." continua a dire.

"La polizia arriverà presto. Può guardare la signora Adriana? Voglio cercare Elisa," le dice il commissario Magro.

"Certo! La signora... la signora è sempre stata molto buona con me. Non parlo bene italiano. La signora Adriana va spesso a Milano per lavoro, anche oggi. Ma stasera è tornata prima... Ha voluto fare una **sorpresa** al signore..." spiega.

Il commissario Magro vede le due valigie in **soggiorno**. Devono essere quelle di Adriana.

Guarda la cameriera filippina.

"Come ho detto, la signora Adriana è tornata prima. Oggi è il **compleanno** del signor Emilio. Voleva fare una sorpresa."

Si sente la sirena della macchina della polizia. **Per fortuna** il commissariato non è distante e di sera c'è poco traffico. Così i colleghi del commissario sono arrivati subito.

cameriera *f*	*hier:* Haushaltshilfe
tenda *f*	Vorhang
sorpresa *f*	Überraschung
soggiorno *m*	Wohnzimmer
compleanno *m*	Geburtstag
per fortuna	zum Glück

"Commissario Magro? Dov'è? Noi siamo qui!" si sente urlare dalle scale.

"No, non questi due!" pensa il commissario. "Sono i poliziotti meno intelligenti di tutto il commissariato! **Ho dimenticato** che **fanno il turno di notte** oggi," ricorda un po' **seccato**.

"Commissario Magro! Cosa **è successo**?" chiede uno di loro.

L'altro poliziotto **si gira** da un lato e **vomita**.

"Lo scusi... Non ha mai visto un cadavere prima," dice il poliziotto.

"Beh... Siete molto giovani, ma dovete imparare presto. Si impara con la pratica e con il lavoro in prima linea. Siete due bravi ragazzi, lo so. Ma dovete ancora imparare molto. **Adesso** vi lascio con la signora Adriana. Chiamate il medico," dice il commissario Magro.

dimenticare	vergessen
fare il turno di notte	Nachtdienst haben
seccato	genervt
succedere	passieren
girarsi	sich umdrehen
vomitare	sich übergeben
adesso	jetzt
avvocato *m*	Rechtsanwalt
aggiungere	hinzufügen
tasca *f*	Tasche
interrogare	befragen

Das Handy wird auf Italienisch entweder **telefonino** oder **cellulare** genannt.

"E il suo **avvocato**..." **aggiunge** la cameriera filippina.

"Ma lei non parla male italiano?" chiede il commissario Magro.

"Sì, ma so che devo chiamare un avvocato. E so che ho il diritto di non dire nulla," dice la cameriera e prende dalla **tasca** un telefonino.

Mentre la cameriera parla con l'avvocato il commissario Magro dice agli altri due poliziotti di portare anche lei al commissariato, perché la vuole **interrogare**.

"Devo andare. Devo cercare Elisa. Lei ha visto tutto, era

Era ist die Vergangenheitsform (*imperfetto*) von *essere*: er/sie/es war.

insieme al signor Emilio, a dopo!" spiega il commissario Magro.

"Ma come... la MIA Elisa?!?" chiede uno dei giovani poliziotti. Ha quasi la stessa età della ragazza, 19 anni, se il commissario Magro ricorda bene.

È arrivato da poco al commissariato; è uno nuovo.

"Cosa faceva qui? Era venuta a portare il caffè ai signori Branchetti? Come mai di sera?" chiede il giovane poliziotto.

verso il basso	nach unten
dispiaciuto	bekümmert, bedauernd
ansioso	ängstlich
geloso	eifersüchtig
guadagnare	verdienen
prendersi cura (di)	sich kümmern (um)

Il commissario Magro lo guarda con una certa tristezza adesso.

L'altro poliziotto ha capito tutto. Adesso il commissario Magro guarda **verso il basso**, molto **dispiaciuto**.

"Elisa è una bravissima ragazza. Posso garantire io per lei, commissario Magro. Siamo usciti solo un paio di volte a prendere un gelato insieme, il pomeriggio... in una pausa di lavoro. Suo padre è molto **ansioso** e **geloso**. Non la lascia uscire tanto spesso. Elisa vuole **guadagnare** un po' di soldi per aiutare la famiglia. Lei vive a Bologna con la zia, una signora di 70 anni, e **si prende** anche **cura di** lei. Elisa lavora tantissimo," continua il ragazzo.

"Giorgetto, forse al commissario Magro non interessa... Lascialo andare a fare il suo lavoro," dice Arturo, l'altro poliziotto. "Commissario, deve capire che Giorgetto viene da un paesino della Val Camonica[i]. È la prima volta che viene in una gran-

[i] Das Valcamonica Tal (**Val Camonica**) liegt in der Lombardei zwischen Brescia und Bergamo. Das Tal ist wegen seiner prähistorischen Felszeichnungen weltweit bekannt.

de città come Bologna. Non ha **esperienza** della vita di città, non ancora..." aggiunge.
"Elisa ha mai avuto tempo di incontrarti la sera?" chiede il commissario Magro.
"No, sua zia va sempre a dormire presto la sera ed(i) Elisa deve stare vicino a lei," risponde Giorgetto. Ora diventa rosso in **viso**. Forse comincia ad avere qualche **dubbio** sul perché Elisa è stata trovata in quella casa.
"Allora **secondo te** perché Elisa era qui stanotte?" domanda lui.
La cameriera filippina è sempre al telefono.

esperienza *f*	Erfahrung
viso *m*	Gesicht
dubbio *m*	Zweifel
secondo te	deiner Meinung nach
esaminare	untersuchen
Sveglia!	Wach auf!
amante *m/f*	Liebhaber(in)

(i) Da es einfacher auszusprechen ist, werden die Vokale **-a, -e** und **-o** vor einem Wort, das mit derselben Vokal beginnt, meist durch **ad, ed** und **od** ersetzt. Z.B. **Lo porto ad Anna.** Es ist aber nicht zwingend.

Arturo **sta esaminando** da vicino il cadavere del signor Emilio. Lui e Giorgetto sono amici e gli dispiace(i) molto per lui. Anche a lui Elisa sembrava una brava ragazza. Giorgetto ancora non capisce.

(i) Durch die **Vorsilbe** dis- und s- wird die Bedeutung oftmals ins Gegenteil gekehrt: z. B. piacere (gefallen) – **dispiacere** (leidtun); fortuna (Glück) – sfortuna (Pech).

"Giorgetto, **sveglia**! Elisa è l'**amante** del signor Emilio! O meglio, era... È scappata, l'ha(i) ucciso... Ha preso il coltello ed è scappata! Devo

(i) Die **Pronomen lo/la/li** und **le** vor „h" werden apostrophiert. Z.B.: *La ragazza ha ucciso lui = La ragazza l'ha ucciso.*

andare a cercarla," dice il commissario Magro con un forte tono.
"Ma non è possibile!" urla Giorgetto.
Fa un passo indietro e **inciampa** sul corpo della signora Adriana che si sveglia. Mentre lei si alza da terra, Giorgetto **scoppia a piangere**.
"Signora Adriana! Non deve **preoccuparsi**. L'avvocato arriva tra cinque minuti," dice la cameriera.

inciampare	stolpern
scoppiare a piangere	in Tränen ausbrechen
preoccuparsi	sich Sorgen machen
per caso	zufällig
impiegare	benötigen
spalla *f*	Schulter
spiegazione *f*	Erklärung
(polizia *f*) scientifica	Spurensicherung
convinto	überzeugt
spostare	verschieben, verrücken
deciso	entschlossen

Il commissario Magro pensa che le due donne sono molto amiche. Non ci deve essere solo un rapporto di lavoro tra loro.
"Ma come è possibile? L'avvocato arriva così velocemente? Ha dormito anche lui qui, **per caso**?" chiede il commissario Magro. Lui sa dov'è lo studio dell'avvocato: dall'altra parte della città. Forse l'avvocato è stato in giro nella stessa zona quella notte? Il commissario Magro pensa che c'è qualcosa di strano.
Mette una mano sulla **spalla** di Giorgetto. Lui piange ancora.
"Non preoccuparti, ragazzo mio, sono sicuro che c'è una donna che ti ama per quello che sei," gli dice.
"Lei non la conosce. È una bravissima ragazza. Sono sicuro che c'è una **spiegazione**..." dice Giorgetto.
"Commissario?" dice Arturo. "Dobbiamo aspettare i risultati della **scientifica**, ma sono **convinto** che il signor Emilo non è morto qui. Per me il suo corpo **è stato spostato**," aggiunge poi con tono **deciso**.

"Bravo, Arturo. Dove hai imparato a fare il tuo lavoro così bene?" gli chiede il commissario Magro.

Quella sera le sorprese sembrano non finire mai: Arturo è veramente intelligente!

"Non si perde un episodio della serie TV del commissario Montalbano(i)! Viviamo insieme in un appartamento a Bologna. Come sa, Arturo viene da Roma. Tutti e due non siamo originari di Bologna, anche se ci piace molto vivere qui," aggiunge Giorgetto.

lucido	*hier:* klar denkend
capelli a caschetto	Bobfrisur
parrucchiere *m*	(Damen)-Friseur

Die TV Krimiserie um den italienischen **Kommissar Montalbano** in Sizilien beruht auf den beliebten Büchern des Schriftstellers Andrea Camilleri und hat nicht nur in Italien sondern weltweit sehr großen Erfolg.

"Dobbiamo assolutamente trovare Elisa! O volete dirci voi due la verità?" chiede il commissario alle due donne.

"Io parlo solo in presenza del mio avvocato!" dice la signora Adriana. È seduta per terra con la cameriera che le tiene(i) la mano. Improvvisamente è molto **lucida**.

Il commissario Magro vede i bellissimi occhi neri della signora Adriana e i **capelli** tagliati **a caschetto**. Anche i capelli sono nerissimi, sempre stati belli, ma stasera sembrano perfetti. Sembra essere andata da poco dal **parrucchiere**...

Tutti hanno la loro storia. E la storia della signora Adriana è complicata come questo caso. La signora Adriana viene da Catania in Sicilia e ha sposato il signor Emilio quando aveva solo 20 anni, circa la stessa età di Elisa. La gente a Bologna è convin-

Das Verb **tenere** (halten) ist unregelmäßig: *(io) tengo, (tu) tieni, (lui/lei) tiene, (noi) teniamo, (voi) tenete, (loro) tengono.*

ta che ha sposato il signor Emilio per i suoi soldi. A lui sono sempre piaciute le donne molto più giovani. Era un uomo **attraente**, ma di certo il suo denaro lo ha aiutato ad **ottenere** tutto quello che **ha desiderato**. È sempre stato molto arrogante. Al commissario Magro non sono mai piaciuti gli uomini così: uomini che frequentano donne che possono essere le loro figlie. E il signor Emilio **ha dato fastidio** alle figlie giovani di molti uomini **potenti** a Bologna. Per questo la gente in città non lo ha mai amato. Tutti amano invece la signora Adriana, che oltre a lavorare come architetto **si dedica** a molte **opere di beneficenza**.

attraente	attraktiv
ottenere	erhalten
desiderare	wünschen
dare fastidio	stören
potente	einflussreich
dedicarsi	sich widmen
opera *f* **di beneficenza**	Wohltätigkeits-aktivität

Esercizio 4: Parole della stessa famiglia. Welche Substantive haben denselben Stamm wie die Verben? Leiten Sie ab und fügen Sie den bestimmten Artikel hinzu!

1. spiegare *la spiegazione*
2. raccontare __________
3. vivere __________
4. finire __________

Mentre pensa a tutto questo, il commissario Magro vede l'avvocato salire le scale. E capisce che l'**interrogatorio** che voleva fare al commissariato sarà impossibile.

L'avvocato Riccardo Mursoni è un bell'uomo, molto alto e magro, con i capelli **brizzolati**. Ha la stessa età della signora Adriana. È un uomo intelligente, uno che si è "fatto da solo", senza **raccomandazioni**, ma con duri anni di studio. Ha lavorato come meccanico per pagarsi gli studi universitari. L'avvocato Riccardo è un uomo che conosce bene la vita e sa fare anche molto bene il suo lavoro.

interrogatorio *m*	Verhör
brizzolato	meliert, angegraut
raccomandazioni *pl f*	Beziehungen, Vitamin „B“
prendere uno spavento	einen Schrecken kriegen
ϟ **maiale** *m*	Schwein (hier als Schimpfwort)
astuto	schlau
rivelare	verraten
per caso	zufällig

"Adriana, stai bene? Che **spavento ho preso**... E tutto questo per quel **maiale** di tuo marito? Te l'avevo detto che andava con le escort!" dice l'avvocato. Sembra conoscere molto bene la signora Adriana.

"Escort?" dicono i due giovani poliziotti. Giorgetto scoppia a piangere di nuovo. Sa che Elisa non è una escort, ma il dubbio lo fa stare male.

"Un avvocato tanto **astuto** come Riccardo può davvero **rivelare** un'informazione importante **per caso**?" si domanda il commissario Magro. Non si fida dell'avvocato Riccardo. Deve assolutamente trovare Elisa.

3 Tre mesi dopo...

"Sono passati tre mesi, Andrea. E ancora non hai trovato quella ragazza?" chiede Lucia.
Lucia è da qualche mese l'amante del commissario Magro. Dopo la morte di Marilena, il commissario non ha voluto nessun'altra relazione stabile.
Lucia è un avvocato. Lavora troppo per avere una famiglia. Si sono incontrati in **tribunale**. Lucia è stata un'attivista fin da ragazza. Per questo ha deciso di diventare avvocato: per **difendere** i diritti dei più **deboli**. Era una cara amica di Marilena, ma Lucia e il commissario Magro non parlano mai di lei. È qualcosa che Lucia ha chiesto ad Andrea per rispetto.
Entrambi amavano Marilena: Andrea come una moglie, Lucia come un'amica. Per entrambi è difficile parlare di lei. Forse è proprio questo che li ha fatti diventare amanti.
Lucia sa che la relazione tra loro non è seria. Sono solo amanti. Non le piace, **comunque**, sentire parlare di altre donne. Per lei è una **mancanza** di rispetto.
Lucia e Andrea si incontrano almeno due volte a settimana nella suite del Grand Hotel Majestic.
Lucia una donna molto sensuale, molto bella e intelligente. Adesso è seduta sul letto e **si sta spazzolando** i capelli.

tribunale *m*	Gericht
difendere	verteidigen
debole	schwach
entrambi	beide
comunque	*hier:* trotzdem
mancanza *f*	Mangel
spazzolarsi	sich kämmen

Esercizio 5: Traduzione. **Lesen Sie weiter und übersetzen Sie die markierten Wörter!**

"Mi dici se sai dove si **1.** befindet ______________________ Elisa, vero?" le chiede Andrea.

Si siede di fronte a lei e le **2.** küsst ______________________ la testa.

"Cerchi di **sedurmi** adesso? Beh, non mi piace..."

"Perché?" chiede lui.

"Perché stai parlando come il commissario Magro. Non **3.** bist ______________________ più il mio Andrea, il mio amante... Avevamo deciso di non parlare di lavoro quando siamo insieme," dice lei.

"Mi puoi aiutare. Anch'io voglio il meglio per quella ragazza. Anch'io voglio **4.** helfen ______________________ Elisa," risponde lui.

"Ancora? **Insisti**? Allora, sai che ti dico? Ci vogliono tre secondi per arrivare a quella porta... Te ne dò[i] due..." risponde lei seccata.

"No, Lucia, mi dispiace, dav-

> Einige einsilbige Wörter werden mit **Akzent** geschrieben, damit man sie von anderen gleichlautenden Wörtern unterscheiden kann. Z.B.: *dò* – ich gebe; *do* – die Musiknote C; *dà* – er/sie/es gibt; *da* – Präposition von; *sì* – ja; *si* – sich, man.

sedurre	verführen
insistere	beharren

vero... Non volevo...” risponde lui e le **abbraccia** le gambe. Si baciano appassionatamente e fanno l’amore.

abbracciare	umarmen
ovvio	offensichtlich
riflettere	*hier:* nachdenken
accusare	anklagen
arresto *m* **domiciliare**	Hausarrest
delitto *m* **passionale**	Verbrechen aus Leidenschaft
scontare una pena	eine Strafe absitzen
incapace di intendere e volere	unzurechnungsfähig

Qualche ora dopo cominciano a parlare a letto. “Sai, Andrea, anche se so dove si trova Elisa, non posso dirtelo. Avete cercato a casa della zia, a casa del padre. Avete interrogato tutti. Ma forse non avete cercato dove è più **ovvio**, dove tutto è cominciato...” dice Lucia.
“In che senso?” chiede lui.
“Devi dare del tempo ad Elisa. Solo così lei si può fidare di te. Elisa è una brava ragazza,” continua Lucia.
Quella sera il commissario Magro decide di non rimanere a dormire con Lucia tutta la notte. Ha avuto un’idea. Torna a casa di suo padre: ha bisogno di dormire da solo per poter **riflettere** meglio sulle parole di Lucia.
Al momento la signora Adriana **è stata accusata** dell’omicidio di suo marito, ma è agli **arresti domiciliari** perché è stata accusata di un **delitto passionale**. In Italia spesso chi è accusato di un delitto passionale **sconta una pena** minore. Inoltre la signora Adriana, grazie al suo bravo avvocato, è stata dichiarata **incapace di intendere e di volere** al momento dell’omicidio.
Hanno scoperto che Elisa non è mai stata una escort, ma si è semplicemente innamorata del signor Emilio. Il signor Emilio ha comunque sempre incontrato regolarmente delle

escort, e questo ha convinto il **giudice** a **ridurre** la pena della signora Adriana.
Elisa e il signor Emilio si sono visti di nascosto per oltre un anno, almeno una volta o due la settimana, spesso mentre Adriana era a Milano per lavoro.

giudice *m/f*	Richter(in)
ridurre	verringern
perdere la testa	durchdrehen

Il commissario Magro ha scoperto che anche la signora Adriana ha avuto altre relazioni: con Riccardo, il suo avvocato, ma anche con un suo collega architetto di Milano.
La signora Adriana ha però dichiarato in tribunale che è stata sempre innamorata del marito. Per questo vederlo con Elisa per lei è stato un shock e, per un momento **ha perso la testa** e lo ha pugnalato.
Ma perché, allora, Elisa continua a stare nascosta?
Quanti misteri nasconde ancora la città di Bologna per il commissario Magro? Prima la morte di Marilena, poi quella del signor Emilio...
Vuole scoprire la verità. Di certo il commissario Magro sa che non gli piace essere preso in giro.

4 La famiglia Branchetti

Elisa sa molte cose sulla famiglia Branchetti, sul signor Emilio e sulla signora Adriana.
Conosce i loro **legami** con la mafia. Pagano da molto tempo il pizzo a quel mafioso criminale per non avere **incidenti** di nessun tipo nella loro **azienda** durante la produzione dei tortellini.

legame *m*	Verbindung
incidente *m*	Unfall
azienda *f*	Unternehmen, Firma
incendio *m*	Brand, Feuer
proteggere	beschützen

Umgangssprachlich meint man mit **pizzo** das Schutzgeld, welches der Handel bzw. Gewerbebetreibende an Verbrecherorganisationen wie die Mafia zahlen muss. Wenn man sich der Schutzgeldzahlung verweigert, droht die Mafia mit Gewalt aller Art.

Una volta non hanno pagato... e c'è stato un **incendio** in una fabbrica.
La zia di Elisa ha lavorato per la famiglia Branchetti come cameriera prima di andare in pensione. Spesso si è portata Elisa, allora una bella bambina, e l'ha lasciata giocare nel parco. Così la bambina ha conosciuto il signor Emilio e la signora Adriana.
Elisa vuole parlare con il commissario Magro, ma ha tanta paura, perché adesso oltre a lei ha qualcun altro da **proteggere**.

Qualcuno verhält sich vor männlichen Wörtern, die mit einem Vokal anfangen, wie der Artikel *uno*. Also wird **qualcun altro** ohne Apostroph geschrieben.

Elisa **ha iniziato** a vedere il signor Emilio quando la signora Adriana ha cominciato ad andare spesso a Milano per lavoro.
Lui ha detto che voleva **divorziare**. Quando Elisa è rimasta **incinta**, però, **si è arrabbiato** con lei e ha cominciato a **insultarla**. In quel momento è arrivata la signora Adriana.
Elisa, quella notte, non ha lasciato la casa della signora Adriana e del signor Emilio.

iniziare	beginnen
divorziare	sich scheiden lassen
incinta	schwanger
arrabbiarsi	wütend werden, sich ärgern
insultare	beschimpfen
avere voglia di qc.	Lust auf etw. haben
rumore *m*	Geräusch, Lärm
campanello *m*	Klingel
suonare	klingeln
forzare	mit Gewalt öffnen

Achtung, **falscher Freund!**
La cantina = der Keller;
die Kantine = la mensa.

Si è nascosta in cantina. E la signora Adriana con l'avvocato Riccardo, quando l'hanno trovata, hanno deciso di tenerla nascosta in quella casa.
Dopo mesi passati chiusa nella residenza della famiglia Branchetti, Elisa adesso sa di **avere voglia di** giustizia. Lei non ha mai voluto la morte del signor Emilio; è innocente.
Elisa sta pensando questo quando sente dei **rumori**. Sono le sei di mattina.
"Sono il commissario Magro, aprite questa porta!" sente urlare.
E il **campanello suona**.
Suona una, due, tre volte.
Nessuno apre, ma la polizia **forza** la porta per entrare.

Esercizio 6: Preposizioni. Lesen Sie weiter und unterstreichen Sie die richtige Präposition!

Elisa è in pigiama, quando si trova il commissario Magro davanti **1.** a / per lei. Giorgetto è dietro **2.** di / da lui, **3.** con / di altri poliziotti. Vede subito la sua pancia. Elisa mette una mano **4.** sulla / nella pancia per proteggere il bimbo che ha dentro di sé.

"Non sono stata io..." dice **5.** al / col commissario Magro.

"Lo so..." risponde lui. Lei lo guarda sorpresa.

"Abbiamo arrestato la signora Adriana. Sappiamo che non è stato un delitto passionale. Non è andata **6.** a / in Milano quel giorno.

Abbiamo chiamato l'architetto, il suo amante e collega, che le **ha fornito** un alibi. Prima non ha voluto parlare, ma poi quando ho detto che rischiava la **galera** per complicità **ha raccontato** tutto," spiega il commissario Magro.

"Deve sapere tutta la verità. La signora Adriana mi ha protetto. Non ho voluto **abortire**. Emilio mi **ha minacciato**. Non ha mai pensato di divorziare dalla signora Adriana, non ha mai pensato di avere una fa-

fornire	liefern
galera *f*	Gefängnis
raccontare	erzählen
abortire	abtreiben
minacciare	(be)drohen

miglia con me. Mi **ha picchiato**, ha perso il controllo... E la signora Adriana è arrivata proprio in quel momento, è tornata prima da Milano. Ci ha visto insieme e lo ha ucciso. Ha detto che lo ha fatto per proteggermi. È stato un delitto passionale. Ma io ho avuto paura. Ho preso il coltello e sono scappata. Non volevo vederla finire in galera **per colpa mia**," dice Elisa in **lacrime**.

Giorgetto abbraccia Elisa che continua a piangere e tiene sempre una mano sulla pancia per proteggere il bambino.

"Elisa, sei molto **ingenua**. La signora Adriana voleva avere il controllo sull'azienda di suo marito e prendere tutti i suoi soldi. Forse dopo pensava di **sposare** Riccardo, il suo avvocato e amante. Anche lui è **coinvolto** in questa cosa. La signora Adriana non ha ucciso il signor Emilio per proteggere te, ma per i soldi," le spiega il commissario Magro.

picchiare	schlagen
per colpa mia	*hier:* meinetwegen
lacrima *f*	Träne
ingenuo	naiv
sposare	heiraten
coinvolto	verwickelt
commettere	begehen
minorenne	minderjährig
esclamare	ausrufen
disperatamente	verzweifelt
consolare	trösten

"Quella notte è stata dall'avvocato Riccardo invece che a Milano. Poi è venuta qui. Ha sempre saputo di te e del signor Emilio. Ha pensato a tutto. Ha fatto finta di **commettere** un delitto passionale per non finire in prigione ed avere una pena minore. Lei e Riccardo hanno sempre saputo che il signor Emilio, oltre a te, ha frequentato delle escort **minorenni**. Ti hanno solo usato," dice il commissario Magro.

"Cosa?!?" **esclama** Elisa piangendo **disperatamente**. Giorgetto la **consola**.

"Elisa, amore mio, non preoccuparti. Mi prendo cura io di te e del bambino. Tutti facciamo degli errori."

Gli altri poliziotti sorridono. C'è chi **alza gli occhi al cielo**... Stanno per **allontanarsi**, quando Elisa dice qualcosa.

alzare gli occhi al cielo	die Augen verdrehen
allontanarsi	sich entfernen
pretendere	verlangen
chissà	wer weiß

"Aspetti, commissario Magro. Deve chiedere una cosa alla signora Adriana... Deve chiederle... Lei sa chi ha ucciso sua moglie Marilena. La signora è molto amica di quel mafioso criminale che lei cerca da tempo," dice Elisa.

Il commissario Magro la guarda triste. Sa che adesso può sapere la verità. E forse dopo può cominciare davvero a vivere.

In quel momento, non a caso, pensa ad Anna, a come in tutti questi anni lei gli è stata vicina senza **pretendere** nulla da lui. **Chissà**...

Test finale
Soluzioni
Glossario
Indice degli esercizi

Test finale

Esercizio 1: Professioni. **Verbinden Sie die Berufe mit deren Arbeitsstätte!**

1. ☐ l'estetista	**a)** il supermercato
2. ☐ il buttafuori	**b)** l'ospedale
3. ☐ il medico	**c)** il commissariato
4. ☐ la cassiera	**d)** la discoteca
5. ☐ il commissario	**e)** lo studio estetico

Esercizio 2: Participi irregolari. **Schreiben Sie die unregelmäßigen Partizipformen auf!**

1. leggere ______________________

2. prendere ______________________

3. rimanere ______________________

4. vedere ______________________

5. succedere ______________________

Esercizio 3: Possessivi e articolo. **Unterstreichen Sie die richtige Alternative!**

1. Lorena telefona alla sua / a sua madre.
2. La ragazza va a cena dai suoi / da suoi genitori.
3. I genitori sono preoccupati per la loro / loro figlia.
4. Lorena cerca le sue / sue chiavi nella borsa.
5. Il suo / Suo appartamento è al terzo piano.
6. "Ti presento la mia / mia amica Roby!" dice Lorena.

Esercizio 4: Lettere in disordine. **Ordnen Sie die Buchstaben zu sinnvollen Wörtern!**

1. Il brodetto è una zuppa di sepec ______________________.
2. Cingoli è un esape ______________________ tra il mare Adriatico e gli Appennini.
3. Emanuele non è una digau ______________________ turi-stica, ma conosce bene le Marche.
4. Barbara Musini riceve spesso ivesti ______________________.
5. Il commissario Marchesi ha una buona erommia ______________________.

Esercizio 5: Contrari. **Wie lautet das Gegenteil der Zeitausdrücke? Schreiben Sie auf!**

1. allora _a_ _d_ _e_ _s_ _s_ _o_

2. qualche volta __ _a_ __

3. dopo __ _r_ __ __ __

4. oggi __ _e_ __ __

5. di giorno __ __ __ __ __ __ _e_

Esercizio 6: Plurale. **Wie lautet der Plural? Schreiben Sie auf!**

1. la bella ragazza ____________________

2. l'uomo magro ____________________

3. l'omicidio passionale ____________________

4. il giovane poliziotto ____________________

5. il mafioso criminale ____________________

Esercizio 7: Il gioco delle coppie. **Ordnen Sie den Namen die richtigen Berufe zu!**

1. ☐	Andrea Magro	**a)** imprenditore
2. ☐	Emilio Branchetti	**b)** avvocato
3. ☐	Riccardo Mursoni	**c)** segretaria
4. ☐	Anna	**d)** commissario

Esercizio 8: Imperativo. **Setzen Sie die passenden Verben in die Lücken und benutzen Sie die Imperativform (Befehlsform)!**

fare   comprare   parlare   fissare

1. Non (1. Pers. Pl.) ______________________ più di veleno.
2. Non conosco i tuoi impegni, (2. Pers. Sg.) ______________________ tu la data.
3. Non (2. Pers. Sg.) ______________________ complimenti, vieni quando vuoi.
4. (2. Pers. Sg.) ______________________ dei biglietti per un concerto di musica classica.

Esercizio 9: Vero o falso? **Welche Aussagen sind korrekt? Kreuzen Sie an!**

1. Con un grammo di tallio si può morire. ❒
2. Se si scioglie il tallio nell'acqua, l'acqua cambia colore. ❒
3. I sintomi dell'avvelenamento si riconoscono facilmente. ❒
4. Contro il veleno esiste un antidoto. ❒
5. I Foschi si sono trasferiti a Milano. ❒

Soluzioni

L'ultimo messaggio

Esercizio 1: **1.** le **2.** il **3.** le **4.** La **5.** la **6.** la

Esercizio 2: **1.** gli studenti stanchi **2.** le situazioni difficili **3.** le persone allegre **4.** i giorni normali **5.** i ragazzi seri

Esercizio 3: **1.** c **2.** d **3.** e **4.** a **5.** b

Esercizio 4: **1.** latte **2.** pasta **3.** mele **4.** mozzarella **5.** carote **6.** uova

Esercizio 5: **1.** Calmatevi! **2.** Va'/Vai! **3.** Vediamo! **4.** Senti! **5.** Scusi!

Esercizio 6: **1.** sono andata **2.** ho incontrato **3.** si è fermato **4.** è sceso **5.** hanno litigato

Esercizio 7: rossi, neri, lunghi, biondi, ricci, castani, corti, bianchi, lisci

Esercizio 8: **1.** vero **2.** falso (Massimo è andato in ospedale con la macchina.) **3.** vero **4.** falso (Nessuno può entrare in ospedale.) **5.** vero

Esercizio 9: **1.** di **2.** fa **3.** alle **4.** della **5.** di

Esercizio 10: **1.** palazzo **2.** cortile **3.** casa **4.** appartamento **5.** portone
Lösungswort: piano

Un vero motivo

Esercizio 1: **1.** gli amici **2.** i bar **3.** gli aperitivi **4.** i programmi **5.** le specialità

Esercizio 2: **1.** ha detto **2.** Ho saputo **3.** ha trovato **4.** hanno mangiato

Esercizio 3: **1.** costa **2.** spiegare **3.** storia **4.** incontrare **5.** entrata

Esercizio 4: **1.** del **2.** a **3.** di **4.** nell' **5.** della

Esercizio 5: **1.** vero **2.** vero **3.** falso (L'aveva capito da irregolarità contabili.) **4.** falso (Rocchio aveva ricevuto minacce anche da ex colleghi.) **5.** vero

Esercizio 6: **1.** lunedì **2.** domenica **3.** venerdì **4.** martedì

Esercizio 7: **1.** terzo **2.** quarto **3.** decimo **4.** ventesimo **5.** ventunesimo

Esercizio 8: **1.** la sua **2.** I suoi, la loro **3.** il suo **4.** suo

Esercizio 9: **1.** strada **2.** veleno **3.** vittima **4.** persone **5.** cucina

Esercizio 10: **1.** vai **2.** siete **3.** vuole **4.** escono **5.** sanno **6.** potete
Lösung: VELENO

Esercizio 11: **1.** b **2.** d **3.** f **4.** c **5.** e **6.** a

Bologna: tortellini di sangue

Esercizio 1: **1.** abita **2.** ha **3.** è **4.** si conoscono

Esercizio 2: **1.** gli anni **2.** i panini **3.** gli scherzi **4.** le donne **5.** i colleghi

Esercizio 3: **1.** Andrea Magro fa il commissario di polizia.
2. La segretaria del commissario Magro si chiama Anna.
3. La piazza principale di Bologna si chiama Piazza Maggiore.
4. Il signor Emilio Branchetti produce tortellini.
5. Gli occhi della donna con la sottoveste bianca sono verdi.

Esercizio 4: **1.** la spiegazione **2.** il racconto **3.** la vita **4.** la fine

Esercizio 5: **1.** trova **2.** bacia **3.** sei **4.** aiutare

Esercizio 6: **1.** a **2.** di **3.** con **4.** sulla **5.** al **6.** a

Test finale

Esercizio 1: **1.**e **2.** d **3.** b **4.** a **5.** c

Esercizio 2: **1.** letto **2.** preso **3.** rimasto **4.** visto **5.** successo

Esercizio 3: **1.** a sua **2.** dai suoi **3.** la loro **4.** le sue **5.** Il suo **6.** la mia

Esercizio 4: **1.** pesce **2.** paese **3.** guida **4.** visite **5.** memoria

Esercizio 5: **1.** adesso **2.** mai **3.** prima **4.** ieri **5.** di notte

Esercizio 6: **1.** le belle ragazze **2.** gli uomini magri **3.** gli omicidi passionali **4.** i giovani poliziotti **5.** i mafiosi criminali

Esercizio 7: **1.** d **2.** a **3.** b **4.** c

Esercizio 8: **1.** parliamo **2.** fissa **3.** fare **4.** compra

Esercizio 9: **1.** vero **2.** falso (Il tallio è incolore.) **3.** falso (I sintomi sono presenti anche in altre patologie.) **4.** vero **5.** falso (I Foschi si sono trasferiti a Cingoli.)

Glossario

f = feminin
m = maskulin
irr = unregelmäßiges Verb
pl = Plural
ϟ = Umgangssprache

a parte...	abgesehen von...
abbassare	senken
abbracciare	umarmen
abitante *m/f*	Einwohner(in)
abitazione *f*	Wohnung, Wohnhaus
abortire	abtreiben
accarezzare	streicheln
acceso	eingeschaltet
accidentale	zufällig
accompagnare	begleiten
accorgersi *irr* **di qc.**	etw. (be)merken
accusare	anklagen
acqua *f* **del rubinetto**	Leitungswasser
adatto	geeignet
addirittura	sogar
adesso	jetzt
affare *m*	Geschäft
aggiungere *irr*	hinzufügen

agire	*hier:* handeln; wirken
agitarsi	sich aufregen
Agli ordini!	Zu Befehl!
aiutare	helfen
all'improvviso	plötzlich
alla mano	umgänglich
allontanarsi	sich entfernen
altoparlante *m*	Lautsprecher
altrettanto	ebenso
altrimenti	ansonsten
alzare gli occhi al cielo	die Augen verdrehen
amante *m/f*	Liebhaber(in)
ambulanza *f*	Krankenwagen
ansioso	ängstlich
antidoto *m*	Gegengift
appoggiare	*hier:* legen
archiviare	ablegen
arma *f* **del delitto**	Mordwaffe
arrabbiarsi	wütend werden, sich ärgern
arrabbiato	wütend
arrestare	verhaften
arresto *m*	Verhaftung
arresto *m* **domiciliare**	Hausarrest
ascensore *m*	Aufzug, Lift
asciugamano *m*	Handtuch
asciugarsi	abtrocknen
assaggiare	kosten
assassino/a *m/f*	Mörder(in)
assumere *irr*	einstellen
astuto	schlau

attacco *m*	Anfall
attesa *f*	Erwartung
attraente	attraktiv
attraversare	überqueren
avere i nervi a pezzi	nervlich am Ende sein
avere *irr* **ragione**	recht haben
avere *irr* **voglia di qc.**	Lust auf etw. haben
avvelenamento *m*	Vergiftung
avvelenare	vergiften
avvenire *irr*	sich ereignen, geschehen
avvertire qu.	jmd. benachrichtigen
avvicinarsi	sich nähern
avvocato *m*	Rechtsanwalt
azienda *f*	Unternehmen, Firma
bacio *m*	Kuss
bara *f*	Sarg
battere	*hier:* schlagen
binario *m*	Gleis
bocce *f pl*	Bocciaspiel
braccio *m*	Arm
brizzolato	meliert, angegraut
bugia *f*	Lüge
bussare	klopfen
buttafuori *m*	Rausschmeißer, Türsteher
calmarsi	sich beruhigen
calmo	ruhig
cambiamento *m*	Veränderung
cambiarsi	sich umziehen
cameriera *f*	*hier:* Haushaltshilfe
camion *m*	LKW

camminare	laufen, gehen
campagna *f*	Land
campanello *m*	Klingel
cancellare	*hier:* löschen
candidato/a *m/f*	Bewerber(in)
capanno *m*	Hütte
capelli a caschetto	Bobfrisur
capello *m*	Haar
caricabatterie *m*	Ladegerät
caso *m*	Fall
cassa *f* **integrazione**	Kurzarbeit
ϟ **Che t'importa?**	Was kümmert dich das?
chiacchierata *f*	Plausch
chissà	wer weiß
cibo *m*	Lebensmittel, Nahrung
cimitero *m*	Friedhof
circostanza *f*	Umstand
clacson *m*	Hupe
cliente *m/f*	Kunde/Kundin
cognata *f*	Schwägerin
coinvolto	involviert, verwickelt
collegamento *m*	Verbindung
colpevole *m/f*	Schuldige(r)
colpire	treffen
combattere	bekämpfen
cominciare	beginnen
commesso/a *m/f*	Verkäufer(in)
commettere *irr*	begehen
compleanno *m*	Geburtstag
comportamento *m*	Benehmen, Verhalten

comunque	*hier:* trotzdem; ohnehin, sowieso
condividere *irr*	teilen
conferma *f*	Bestätigung
confessare	gestehen
confondere *irr*	in Verwirrung bringen, verunsichern
conforto *m*	Trost
confuso	verwirrt
conoscente *m/f*	Bekannte(r)
conosciuto	bekannt
consigliare	empfehlen, raten
consolare	trösten
consultare	*hier:* zu Rate ziehen
contabile	Buchhaltungs-
contagiare	infizieren, anstecken
contagiato	infiziert, angesteckt
continuare	fortfahren
contraddire *irr*	widersprechen
contrario *m*	Gegenteil
contusione *f*	Prellung
convincere *irr*	überzeugen
convinto	überzeugt
convivenza *f*	Zusammenleben
convivere *irr*	zusammenleben
coppia *f*	Paar
coprire *irr*	decken
coro *m*	Chor
cortile *m*	Hof
cresciuto	aufgewachsen
crollare	zusammenbrechen

cuoco *m*	Koch
cuore *m*	Herz
dare *irr* **fastidio**	stören, belästigen
davvero	wirklich
debito *m*	Schuld
debole	schwach
decidere *irr*	entscheiden, beschließen
deciso	entschlossen
dedicarsi	sich widmen
delitto *m* **passionale**	Verbrechen aus Leidenschaft
delusione *f*	Enttäuschung
denunciare	anzeigen
desiderare	wünschen
di origine	Herkunfts..., Ursprungs...
di prima necessità	für den grundlegenden Bedarf
di solito	normalerweise
dichiarare	erklären
difendere *irr*	verteidigen
dimagrire	abnehmen
dimenticare	vergessen
dimostrare	beweisen
diretto/a interessato/a *m/f*	Betroffene(r)
disoccupato	arbeitslos
dispensa *f*	Vorratsschrank
disperatamente	verzweifelt
dispiaciuto	bekümmert, bedauernd
disposizione *f*	Verfügung
distendere *irr*	hinlegen
distintivo *m*	Dienstmarke

distruggere *irr*	zerstören
disturbare	stören
ditta *f*	Firma
divorziare	sich scheiden lassen
dopodomani	übermorgen
dotta *f*	Gelehrte
dubbio *m*	Zweifel
eliminare	beseitigen
emozionante	aufregend
entrambi	beide
ϟ **entrarci con qc.**	mit etw. zu tun haben
eroe *m*	Held
esagerare	übertreiben
esaminare	untersuchen
esclamare	ausrufen
escludere *irr*	ausschließen
esercito *m*	Armee
esperienza *f*	Erfahrung
essere *irr* **considerato**	gelten als
essere *irr* **contrario**	dagegen sein
essere *irr* **legato a qc.**	mit etw. in Verbindung stehen
essere *irr* **sfortunato**	Pech haben
essere *irr* **sulla pista sbagliata**	auf der falschen Spur sein
estetista *f*	Kosmetikerin
età *f*	Alter
evitare	vermeiden
faccia *f*	Gesicht
fallire	*hier:* Bankrott gehen

far *irr* **finta di**	so tun als ob
far *irr* **girare la testa a qu.**	jmd. den Kopf verdrehen
fare *irr* **cambiare idea a qu.**	jmd. umstimmen
fare *irr* **il turno di notte**	Nachtdienst haben
fare *irr* **la corte**	den Hof machen
fare *irr* **la parte del leone**	den Löwenanteil spielen
fare *irr* **la spesa**	einkaufen
fare *irr* **notizia**	Aufsehen erregen
fare *irr* **parte di qc.**	Teil von etw. sein
fare *irr* **pena**	leidtun
fatto *m*	Tatsache, Ereignis
fatto *m* **di cronaca**	Tagesereignis
fattura *f*	Rechnung
ferita *f*	Verletzung
ferito	verletzt
ferroviere/a *m/f*	Eisenbahner(in)
fidarsi	vertrauen
Figurati!	Nicht der Rede wert!
finire	*hier:* landen
foglia *f*	Blatt
fornire	liefern
forzare	mit Gewalt öffnen
fragile	zerbrechlich
gabbia *f*	Käfig
galera *f*	Gefängnis
gamba *f*	Bein
gelosia *f*	Eifersucht

geloso	eifersüchtig
giocare	spielen
gioia *f*	Freude
gioiello *m*	Juwel
girarsi	sich umdrehen
giudice *m/f*	Richter(in)
governo *m*	Regierung
gran bollito *m* **alla bolognese**	gekochtes Fleisch nach Bologneser Art
guadagnare	verdienen
guancia *f*	Wange
guida *f*	*hier:* Reiseführer(in)
impiegare	benötigen
imprenditore *m*	Unternehmer
impressione *f*	Eindruck
improvvisamente	plötzlich
in fila	in einer Reihe
in fretta	in Eile, schnell
incapace di intendere e volere	unzurechnungsfähig
incendio *m*	Brand, Feuer
inciampare	stolpern
incidente *m*	Unfall
incinta	schwanger
incolore	farblos
incubo *m*	Albtraum
indagare	ermitteln
indagine *f*	Ermittlung
indifferenza *f*	Gleichgültigkeit
indossare	anhaben, tragen

infatti	in der Tat
ingenuo	naiv
ingerire	einnehmen
ingrassare	zunehmen
iniziare	beginnen
innamorato	verliebt
innocente	unschuldig
inodore	geruchlos
insapore	geschmacklos
inseparabile	unzertrennlich
insistente	beharrlich, aufdringlich
insistere	nicht locker lassen, insistieren, beharren
insomma	*hier:* kurzum
insultare	beschimpfen
interrogare	befragen
interrogatorio *m*	Verhör
interrompere *irr*	unterbrechen
intervenire *irr*	eingreifen, sich einschalten
intossicazione *f*	Vergiftung
invece	hingegen
invidia *f*	Neid
invitare	einladen
invito *m*	Einladung
irraggiungibile	unerreichbar
irresistibile	unwiderstehlich
irrisolto	ungelöst
lacrima *f*	Träne
lanciarsi	sich werfen
lasciarsi	*hier:* sich trennen

legame *m*	Verbindung
legge *f*	Gesetz
lento	langsam
lite *f*	Streit
litigare	streiten
lucido	klardenkend
magari	*hier:* vielleicht
ϟ **maiale** *m*	Schwein (auch als Schimpfwort)
malato	krank
malattia *f*	Krankheit
mancanza *f*	Mangel
mancare	fehlen
mano *f*	Hand
mantenere *irr*	*hier:* bewahren
marchigiano	aus der Region Marken kommend
mascherina *f*	*hier:* Nasen-Mund-Schutz
matrimonio *m*	Ehe, Heirat; Hochzeit
matto	verrückt
mattone *m*	Backstein, Ziegel
memoria *m*	Gedächtnis
mente *f*	*hier:* Kopf; Geist
micidiale	tödlich
minaccia *f*	(Be)drohung
minacciare	(be)drohen
minimizzare	bagatellisieren
minorenne	minderjährig
misura *f*	*hier:* Maßnahme
mondo *m*	Welt
morire *irr*	sterben

motorino *m*	Mofa
movente *m*	Beweggrund
muro *m*	Wand
nascondere *irr*	verstecken, verbergen
necessario	notwendig
nemmeno	nicht einmal
non proprio!	nicht wirklich!
Non sono affari vostri!	Das geht euch nichts an!
nonostante	trotz
noto	bekannt
nudo	nackt
occuparsi di qc.	*hier:* etw. betreuen
ϟ Oddio!	Oh Gott!
offendersi *irr*	beleidigt, gekränkt sein
omicidio *m*	Mord
opera *f* **di beneficenza**	Wohltätigkeitsaktivität
ora	jetzt
ordinare	*hier:* bestellen
ottenere *irr*	erhalten
ovvio	offensichtlich
paese *m*	Dorf
palazzo *m*	Gebäude
pallido	blass
pancetta *f*	*hier:* Bäuchlein
pancia *f*	Bauch
paralizzato	gelähmt
parente *m/f*	Verwandte(r)
parrucchiere/a *m/f*	(Damen)Friseur(in)
Pasqua *f*	Ostern
passo *m*	Schritt

patrimoniale	Vermögens...
patrimonio *m*	Vermögen
paura *f*	Angst
pavimento *m*	Boden
pelle *f*	Haut
pena *f*	Leid, Qual
pensiero *m*	Gedanke
pensionato/a *m/f*	Rentner(in)
pensione *f*	Rente
per caso	zufällig
per colpa mia	*hier:* meinetwegen
per come stanno le cose	wie die Dinge liegen
per fortuna	zum Glück
per niente	überhaupt nicht
perdere *irr*	verlieren
perdere *irr* **i sensi**	bewusstlos werden
perdere *irr* **la testa**	durchdrehen
pericolo *m* **di vita**	Lebensgefahr
permettersi *irr*	sich leisten
petto *m*	Brust
piangere *irr*	weinen
picchiare	(ver)prügeln, schlagen
picchiarsi	sich prügeln
pirofila *f*	feuerfeste Form
piuttosto	eher, vielmehr
poltrona *f*	Sessel
portico *m*	Bogengang
potente	einflussreich
pozza *f*	Pfütze
pozzo *m*	Brunnen

precedente *m*	vorangehender Fall
precedente	vorig
premere	drücken
premuroso	aufmerksam, zuvorkommend
prendere *irr* **in giro**	auf den Arm nehmen
prendere *irr* **uno spavento**	einen Schrecken kriegen
prendersi *irr* **cura (di)**	sich kümmern (um)
preoccuparsi	sich Sorgen machen
preoccupato	beunruhigt, besorgt
preoccupazione *f*	Sorge
prestanome *m/f*	Strohmann/-frau
pretendere *irr*	verlangen
prigione *f*	Gefängnis
prigioniero/a *m/f*	Gefangene(r)
probabilmente	wahrscheinlich
produrre *irr*	herstellen
prolungare	verlängern
pronto soccorso *m*	Notaufnahme
proprietario/a *m/f*	Besitzer(in), Inhaber(in)
proteggere *irr*	beschützen
pugnalata *f*	Dolchstoß, Messerstoß
pulsante *m*	Drückknopf, -taste
purificare	läutern
purtroppo	leider
quantità *f*	Menge
raccogliere *irr*	aufsammeln
raccomandazioni *f pl*	Beziehungen, Vitamin „B"
raccontare	erzählen
raggiungere *irr*	*hier:* nachkommen

rapporto *m*	Beziehung
rassicurare	beruhigen
ratticida *m*	Rattengift
re *m*	König
reato *m* **penale**	Straftat
referto *m*	Befund
rendersi *irr* **conto**	sich bewußt werden
replicare	erwidern
resistere	widerstehen
riappacificarsi con qu.	sich mit jmd. versöhnen
ricevere	erhalten
riciclare denaro sporco	Geldwäsche betreiben
riconoscere	erkennen
ricordarsi	sich erinnern
ricordo *m*	Erinnerung
ricostruire	*hier:* zurückverfolgen
ridurre *irr*	*hier:* zurichten; verringern
riflettere	*hier:* nachdenken
rigido	*hier:* streng
rimanere *irr* **in piedi**	stehenbleiben
rimanere *irr*	bleiben
rimpianto *m*	Bedauern
rincorrersi *irr*	sich fangen
rinnovare	erneuern
rinviare	verschieben
rione *m*	Stadtviertel
risalente	*hier:* zurückreichend
risata *f*	Lachen
rischio *m*	Risiko
risoluto	entschlossen

risolvere *irr*	lösen
risvegliare	wiederbeleben
ritardato	*hier:* zeitversetzt
ritirato	zurückgezogen
riuscire *irr* **a fare qc.**	etw. tun können
rivelare	verraten
rivolgersi *irr* **a qu.**	sich an jmd. wenden
Romania *f*	Rumänien
rubare	*hier:* in Anspruch nehmen
rumore *m*	Geräusch, Lärm
sala *f* **d'aspetto**	Wartesaal
salire *irr*	(ein)steigen
salvare	speichern
sangue *m*	Blut
sbagliare	Fehler machen
scala *f*	Treppe
scappare	fliehen
scarico	entladen
scenata *f*	Szene
scendere *irr*	*hier:* aussteigen; heruntergehen
scherzi a parte	Spaß beiseite
(polizia *f***) scientifica**	Spurensicherung
sciogliersi *irr*	sich (auf)lösen
scivolare	ausrutschen
scomparire *irr*	verschwinden
scontare una pena	eine Strafe absitzen
scontrino *m*	Kassenzettel
scoppiare a piangere	in Tränen ausbrechen
scoprire *irr*	entdecken
scoraggiato	entmutigt

scusa *f*	Ausrede
sdoppiamento *m* **della personalità**	Persönlichkeitsspaltung
⚡ **seccato**	genervt
seconda casa *f*	Ferienhaus, Ferienwohnung
secondo me	meiner Meinung nach
secondo te	deiner Meinung nach
secondo	*hier:* nach, gemäß
sedurre	verführen
segno *m*	Zeichen
segreto *m*	Geheimnis
seguire qc.	etw. verfolgen
semaforo *m*	Ampel
sembrare	scheinen
sequestrare	sicherstellen
sequestro *m*	Sicherstellung
serio	ernst
servire	*hier:* nützen, helfen
sigillato	versiegelt
sistemarsi	*hier:* sich absichern
soffrire *irr* **di qc.**	an etw. leiden
soggiorno *m*	Wohnzimmer
sopportare	ausstehen, ertragen
sorpresa *f*	Überraschung
sorpreso	überrascht
sorridere *irr*	lächeln
sospetto *m*	Verdacht
sospirare	seufzen
sospiro *m*	Seufzer
sostituto *m*	Ersatz

spalla *f*	Schulter
sparito	verschwunden
spaventare	erschrecken
spavento *m*	Schreck
spazzolarsi	sich kämmen
spiegare	erklären
spiegazione *f*	Erklärung
spigolo *m*	Kante
sposare	heiraten
sposarsi	heiraten
spostare	verschieben, verrücken
squillare	läuten, klingeln (von Telefon und Handy)
storia *f*	*hier:* Beziehung
strano	seltsam, merkwürdig, komisch
subire	erleiden
succedere *irr*	geschehen, passieren
suocero/a *m/f*	Schwiegervater/-mutter
suonare	klingeln
superare	überwinden
sussultare	zusammenzucken
sveglia *f*	Wecker
sveglia!	wach auf!
svenire	ohnmächtig werden
ϟ **svergognata** *f*	schamlose Frau
sviare	irreführen
tallio *m*	Thallium
tampone *m*	Abstrich
tasca *f*	Tasche
tenda *f*	Vorhang

tentativo *m*	Versuch
teso	angespannt
timido	schüchtern
tingersi *irr*	sich färben
tirarsi indietro	einen Rückzieher machen
tisana *f*	Kräutertee
tondo	rund
topo *m*	Maus
torre *f*	Turm
tosse *f*	Husten
tossicologo/a *m/f*	Facharzt/-ärztin für Vergiftungen
traccia *f*	Spur
tradimento *m*	*hier:* Seitensprung
tranquillo	ruhig
trasferimento *m*	Umzug
trattamento *m*	Behandlung
traversa *f*	Querstraße
tribunale *m*	Gericht
uccidere *irr*	töten
ucciso	getötet
urlare	schreien
urlo *m*	Schrei
utilizzare	verwenden
veleno *m*	Gift
velocemente	schnell
vendetta *f*	Rache
vendita *f*	Verkauf, Vertrieb
venire *irr* **l'acquolina in bocca**	das Wasser im Munde zusammenlaufen

verificarsi	geschehen
verso il basso	nach unten
vicino a	in der Nähe von
vicino/a *m/f*	Nachbar(in)
vietato	verboten
violenza *f*	Gewalt
visita *f*	Besuch
viso *m*	Gesicht
vittima *f*	Opfer
voce *f*	Stimme
volare	fliegen
vomitare	sich übergeben
vuoto	leer

Indice degli esercizi